TILMAN BIRR

Zum Leben ist es schön, aber ich würde da ungern auf Besuch hinfahren

GOLDMANN
Lesen erleben

Buch

Irgendwo hinter den sieben Bergen liegt ein Land, das dem Besucher seltsam fremd und vertraut zugleich vorkommt. Die Bewohner wirken distanziert und distanzlos gleichzeitig. Ordnungssinn gehört hier zur moralischen Grundausrüstung, meckern zum guten Ton, und dass sie immer recht haben, ist ja nicht die Schuld der Einheimischen. Befolgt man ein paar einfache Regeln, kommt man hier aber bestens zurecht: Im Restaurant immer getrennt bezahlen. Wer andere Menschen zum Essen einlädt, muss ja wohl einen Hintergedanken haben und will sich wahrscheinlich auspeitschen lassen oder so Schweinkram. Hass ist okay, solange er nur Touristen, Hipster und Vegetarier trifft, denn die haben es ja nicht besser verdient. Auf einem herumstehenden Klavier darf man nicht spielen, das war nämlich sehr teuer und geht sonst kaputt. Bleibt noch die Frage: Schwimmen wirklich alle meine Entchen auf dem See, oder ist das nicht vielleicht eine klischeehafte Verallgemeinerung? Und wem das alles ein wenig eigentümlich vorkommt – ein Blick über die Grenzen zeigt, dass es in anderen Ländern mindestens genauso eigenartig zugeht ...

Autor

Tilman Birr begann seine Bühnenkarriere als Lesebühnenleser und Poetry Slammer. 2002 gründete er die »Lesebühne Ihres Vertrauens« in Frankfurt am Main. Seit 2008 ist er als Kabarettist und Musiker im deutschsprachigen Raum unterwegs. Für seine Bühnenprogramme wurde Tilman Birr mit mehreren Preisen ausgezeichnet, darunter dem Förderpreis des Deutschen Kabarettpreises 2013. Sein Debüt als Autor legte er mit »On se left you see se Siegessäule« vor. Er lebt in Berlin.
Mehr zu Tilman Birr erfahren Sie unter www.tilmanbirr.de

Von Tilman Birr außerdem lieferbar:

On se left you see se Siegessäule. Erlebnisse eines Stadtbilderklärers

Tilman Birr

Zum Leben ist es schön,

aber ich würde da ungern auf Besuch hinfahren

Eine kleine Heimatkunde

GOLDMANN

Vorbemerkung

Dieses Buch erhebt keinen Faktizitätsanspruch. Es behandelt trotz gelegentlicher Nennung vermeintlich realer Namen typisierte Personen, die es so oder so ähnlich gibt oder geben könnte. Diese Urbilder wurden durch künstlerische Gestaltung des Stoffs und dessen Ein- und Unterordnung in den Gesamtorganismus dieses Kunstwerks gegenüber den im Text beschriebenen Abbildern so stark verselbständigt, dass das Individuelle, Persönlich-Intime zugunsten des Allgemeinen, Zeichenhaften der Figuren objektiviert ist. Für alle Leser erkennbar erschöpft sich der Text nicht in einer reportagehaften Schilderung von realen Personen und Ereignissen, sondern besitzt eine zweite Ebene hinter der realistischen Ebene. Es findet ein Spiel des Autors mit der Verschränkung von Wahrheit und Fiktion statt, das bewusst Grenzen verschwimmen lässt.

Dieses Buch ist auch als E-Book erhältlich.

MIX
Papier aus verantwortungsvollen Quellen
FSC® C014496

Verlagsgruppe Random House FSC® N001967
Das FSC®-zertifizierte Papier *Holmen Book Cream* für dieses Buch liefert Arctic Paper Mochenwangen GmbH.

1. Auflage
Taschenbuchausgabe Dezember 2015

Umschlaggestaltung: UNO Werbeagentur, München,
unter Verwendung der Gestaltung und Konzeption
von Buxdesign | München
Covermotive: Shutterstock.com: rangizzz; Potapov Alexander
Istock: Ace_Create
AB · Herstellung: Str.
Druck und Bindung: GGP Media GmbH, Pößneck
Printed in Germany
ISBN 978-3-442-48366-2
www.goldmann-verlag.de

Besuchen Sie den Goldmann Verlag im Netz

Inhalt

Einreise

»What you want here?«, fragte der Grenzbeamte, nachdem er meine Papiere durchgesehen hatte.

»Study«, sagte ich. »I'm a student.«

Der Grenzbeamte wechselte ein paar Worte mit seinen hinter ihm stehenden Kollegen. Einer zuckte die Schultern. Ein anderer antwortete etwas, das so klang, als würde er ihm Anweisungen geben, wie mit mir zu verfahren sei. Es hatte lange gedauert, bis ein Beamter aufgetrieben war, der wenigstens ein paar Brocken irgendeiner Sprache sprach, derer ich auch mächtig war. Zwar hatte ich die Landessprache ein bisschen gelernt und konnte sie einigermaßen lesen. Im Gesprochenen reichten meine Kenntnisse aber nur für »Wie heißt du?«, »Wie geht es dir?« und »Ich brauche einen Arzt«.

»Where you from?«

»I am from Germany, Sir«, sagte ich. Zu Autoritäten immer nett sein, dann gibt es kein Problem. Vielleicht auch mal einen kleinen Scherz machen, das lockert die Sache auf.

»East Germany or West Germany?«

»There is only one left«, sagte ich und lächelte.

Der Mann guckte mich ausdruckslos an. Er verstand nicht.

»West Germany«, sagte ich.

Wieder drehte er sich um und sprach mit seinen Kollegen. Diesmal sagte der eine einen Satz. Der andere redete lauter als zuvor und gestikulierte mit der flachen Hand unterm Kinn, als wolle er mir von dort ausströmende Luft zufächeln.

»Where you from, is there no university?«, fragte der erste.

Jetzt sah ich ihn an, wie er zuvor mich angesehen hatte.

»Why you come here? Why you not study in West Germany? Why we need man like you?«

War das die berühmte Gastfreundlichkeit dieses Volkes, von der mir vorher erzählt worden war? Ich war doch ausgesprochen höflich zu den Beamten, warum stellten sie mir solche Fragen, als wollten sie mich am liebsten gar nicht dahaben?

Ich erzählte ihm etwas von der großartigen Kultur und der Schönheit seines Landes und dem historischen Umbruch, in dem es sich befand und den man auf gar keinen Fall verpassen sollte, wenn man als alter Mensch seinen Enkeln etwas zu erzählen haben wollte. Er guckte mich mit leerem Blick an und sah zu seinem Kollegen. Der zuckte die Schultern. Ich machte es einfacher:

»Your country good!«. Ich streckte den Daumen nach oben. »I love your country. I want to see it. Very beautiful, very good people, very nice. Good university. And good culture.«

Diesmal sprach der Kollege sofort dazwischen. Er bellte und gestikulierte, zeigte auf mich und Richtung Horizont, zog die Augenbrauen hoch und klopfte gegen seine Pistole, dann fuchtelte er wieder mit der Hand unterm Kinn. Der erste Grenzbeamte machte eine beschwichtigende Geste in seine Richtung und drehte sich wieder zu mir:

»Too many people from other country. Too many people like you. We don't need. You come here and make everything like you want.«

Ich war doch noch gar nicht da. Woher wollte er wissen, wie ich was machte? Außerdem kannte er mich doch gar nicht. Ich hatte schon gehört, dass man hier Besuchern gerne mal skeptisch gegenüberstand, besonders wenn sie aus dem Westen kamen. Ich dachte allerdings, diese Zeiten würden langsam vorbeigehen, und gerade von offizieller Seite wären da die Bemühungen am größten. Der Grenzer schien mich aber wegen meiner Herkunft für einen potentiellen Spion und Saboteur zu halten.

Was aber gab es hier schon zu holen, was zu sabotieren? Ich wollte nicht respektlos sein. Dieses Land hatte viel durchgemacht in den letzten sechzig Jahren, war der Spielball der Blöcke im Kalten Krieg gewesen und von dieser Zeit immer noch gezeichnet. Es war aber sicherlich nicht die erste Wahl, wenn man durch internationales Verbrechen zu Reichtum kommen wollte. Die Hauptexportartikel waren Bällchen aus gehacktem Fleisch, eingelegter Kohl und ein ausgeprägter Nationalismus. Nationalgericht war ein Stück gekochtes Schweinebein mit Kartoffeln und eingelegtem saurem Kohl. Sehr beliebt war auch eine Art gefüllte Brottasche, die von vorderasiatischen Arbeitsmigranten vor einigen Generationen in die lokale Küche eingeführt wurde. Sie wurde von den Einheimischen gut aufgenommen, weil man in Brottaschen sehr gut gehacktes Fleisch und eingelegten Kohl hineinfüllen und mit einer Soße aus Joghurt und Mayonnaise übergießen konnte.

Das Land kassierte Millionen aus internationalen Hilfsfonds, sah sich aber außerstande, den Wohnungsmangel zu bekämpfen oder Züge nach Fahrplan fahren zu lassen. Schon gab es Länder, die sich weigerten, für dieses korrupte und wirtschaftlich unfähige Land weiter Geld zu bezahlen. Regierungschef war ein charismatischer Führer, der zwar schon über fünfzig war, aber viel Wert auf eine jugendliche Erscheinung legte. Dadurch verkörperte er die Tugenden des Landes in einzigartiger Weise und genoss fast kultische Verehrung. In den Nachbarländern wurde er aber hauptsächlich als unfähiger Trunkenbold, Homosexueller und Veranstalter von Sexpartys wahrgenommen. Das Einzige, was dem Land noch zum vollwertigen Schurkenstaat fehlte, war ein angrenzender Feindstaat, mit dem man sich über eine unbedeutende Bergregion von der Größe Bremerhavens stritt, oder ein fünfzig Jahre zurücklie-

gender Völkermord an einer Minderheit, den zu erwähnen mit hohen Gefängnisstrafen belegt war.

Ich hatte einen Pass, ein Visum und sogar schon ein Zimmer. Ich hatte mich per Post an der Universität immatrikuliert. Es war alles da. Sollte ich jetzt an der Einreise scheitern? Leute, die schon mal hier gewesen waren, hatten mir erzählt, das sei alles gar kein Problem. Man solle nicht solche Vorurteile haben, es würde alles ganz gesittet zugehen, vielleicht zu Beginn etwas ungewohnt, aber bei uns sei ja auch vieles seltsam. Vielleicht war ja alles nur ein Missverständnis.

»What's the problem?«, fragte ich. »My documents are in order, everything is fine. What else do you want?«

Das schien der Grenzer noch nie gehört zu haben. Er zog den Zeigefinger.

»Hey, you be careful, shavabakh! You don't talk to me like dis!«

»Excuse me, Sir. Sorry, but I –«

»Don't tell me! Shut up fuck, uss-holl!«

Er drehte sich wieder zu seinen Kollegen und beratschlagte.

Seit einigen Jahren bemühte sich das Land, sich einen demokratischen Anstrich zu geben, um weiterhin Hilfsgelder einstreichen zu können. Die Geldgeber hatten das Übliche gefordert: Rechtsstaatlichkeit, Achtung der Menschenrechte, sauberes Trinkwasser, Bekämpfung der Korruption, Ausbau der Infrastruktur. Vielleicht störte das den Grenzbeamten, denn nun konnte er mit Ausländern nicht mehr verfahren, wie er wollte, nur weil sein Land in einen Verein eintreten wollte, den er ohnehin für überschätzt und eine Mitgliedschaft für den besten Weg in die Fremdherrschaft hielt. Vielleicht hatte er damit den wichtigsten Grund verloren, warum er überhaupt Grenzer geworden war.

»Sorry, but there seems to be a misunderstanding«, unterbrach ich ihr Gespräch. »Can I talk to your boss?«

Alle drei sahen mich an.

»Open suitcase«, sagte der Obergrenzer.

Ich musste meinen Koffer öffnen und alles auf einem Tisch ausleeren, musste alle Socken und Hemden auseinanderfalten und über jedes einzelne Behältnis in meinem Kulturbeutel Auskunft geben. Die Beamten hatten offensichtlich Spaß daran, jeden Gegenstand herumzugeben, genau zu betrachten, die Schultern zu zucken und schließlich zurückzulegen. Dies dauerte eine Dreiviertelstunde.

»Is everything alright now?«, fragte ich, nachdem ich alles wieder in meinen Koffer gestopft hatte.

»Schuss!«, sagte der Grenzer und zeigte auf meine Füße.

Ich musste Schuhe und Socken ausziehen, meine Hosentaschen leeren und über jeden einzelnen Gegenstand Rechenschaft ablegen, sogar über meine Ohrstöpsel. Immer wieder sagte der Grenzer: »I have to see. What is this? This dangerous? You from West Germany, you dangerous.«

Ich antwortete nur noch reflexhaft: »No, Sir. No, I'm not dangerous. I am a friend of your people. I like your country. Please! Everything is alright.«

»Jacket«, sagte der Beamte. Ich leerte den Inhalt meiner Jackentaschen auf den Tisch: drei leere Notizzettel, ein stumpfer IKEA-Bleistift, ein kopierter Flyer, der das Konzert einer lokalen Punkband im Jugendzentrum Oberursel anderthalb Jahre zuvor bewarb, eine Eintrittskarte zur Aussichtsplattform des Empire State Building von meiner letzten New-York-Reise, auch von dort eine Eintrittskarte für Besucher des UN-Hauptquartiers, eine ausgedruckte E-Mail mit der Wegbeschreibung zu einer Schrebergartenparty, drei lose und mit Fusseln verklebte Halsbonbons, ein leerer Bonbonstreifen und ein Kondom.

»What dis?«, sagte der Grenzer und griff sofort nach dem Eintrittsticket.

»United Nations«, sagte ich.

Er beugte sich mit dem Ticket in der Hand ins Licht und kniff die Augen zusammen. Dann sah er in meinen Pass, dann in mein Gesicht, dann Pass, Ticket, Gesicht.

»You United Nations?«

Auf dem Ticket stand mein Name. Die Sicherheitsvorkehrungen waren streng gewesen und die Eintrittskarten personalisiert.

»I was there, yes. Half a year ago. I was in New York.«

Er zeigte das Ticket seinen Kollegen. Die reichten es herum und machten einen ratlosen Eindruck.

»Wait«, sagte der Wortführer und ging weg. Die anderen beiden starrten mich an. Zehn Minuten wich ich ihrem Gestarre aus. Dann fünfzehn Minuten. Zwanzig Minuten. Der eine Grenzer begann, leise zu singen. Dann kehrte der Grenzbeamte zurück. Schon von Weitem rief er seinen Kollegen etwas zu. Sofort machte die Spannung in ihren Gesichtern einer lesbaren Enttäuschung Platz. Schade, doch kein Standgericht mehr heute.

»Okay«, sagte er zu mir und reichte mir das Ticket zurück.

»Okay what?«, fragte ich.

»Go«, sagte er. »Go. Quick!«

Er reichte mir meine Papiere, ich steckte sie in die Innentasche meiner Jacke, klaubte die losen Sachen vom Tisch und stopfte sie hinterher.

»Goodbye«, sagte ich und griff nach meinem Koffer.

»Pff…«, machte einer. Ein anderer röhrte ein Wort mit langgezogenen Vokalen und spuckte auf den Boden. Alle lachten. Ich lief über den Grenzstrich.

*

Ich greife zum Bierglas und nehme einen großen Schluck.

»Na ja gut«, sagt Lina und zieht die Augenbrauen ganz leicht nach oben. »Für mich war's auch komisch am Anfang.

Das ist aber bei jedem so: Eine neue Stadt ist immer ein Bruch. Und wenn man gerade von zu Hause ausgezogen ist sowieso. Aber du tust ja so, als läge Berlin irgendwo… weiß ich nicht… hinter den sieben Bergen.«

»Für mich hat es sich halt so angefühlt damals«, sage ich.

»Ist das heute immer noch so?«

»Heute nicht mehr so viel. Aber immer noch genug.«

»Aber jetzt bist du doch schon so lange hier.«

»Ich meine ja auch nicht in Berlin.«

»Sondern?«

»Überall. Hinter den sieben Bergen ist überall.«

Jetzt wird's geil

Vorhang auf.

Es ist Nacht. Ich laufe durch den Berliner Bezirk Wedding, Ortsteil Gesundbrunnen. Vor mir eine große Kreuzung. Auftritt aus dem Zuschauerraum, also von hinten an mir vorbei: ein Fahrradfahrer. Schnell, im Stehen tretend und ohne Licht fährt er auf die Ampel zu, die gerade Rot zeigt. Der wird doch nicht?

Auftritt von links in die Kreuzung fahrend: ein Streifenwagen. Der Fahrradfahrer scheint ihn nicht zu sehen und rast weiter auf die rote Ampel zu. Jetzt wird's geil.

Als ich fünfzehn war, wurde ich Zeuge einer ähnlichen Situation. Ich fuhr mit einem Freund mit dem Fahrrad durch eine Wohngegend unserer Heimatstadt. Der Stadtteil war menschenleer, denn es war zwar Samstag, aber bereits nach 22:00 Uhr. An einer Kreuzung sprang die Ampel auf Rot. Ich blieb stehen, mein Freund jedoch – er hieß übrigens Markus Lohmeier, und wenn ich so darüber nachdenke, war er eigentlich gar nicht mein Freund –, mein Bekannter Lohmeier also, fuhr weiter. Auch hier erschien von links ein Streifenwagen und holte Lohmeier in der Mitte der Kreuzung ein.

Jetzt wird's geil, hätte ich mir auch damals denken können. Stattdessen dachte ich: Scheißescheißescheiße, Polizei, scheißescheißescheiße! Vorsichtig in Zigarettenpapier eingepackt und ordentlich im Kleingeldfach meines Portemonnaies verstaut führte ich nämlich einen Krümel Haschisch mit mir. Er war klein, kaum der Rede wert, aber doch eine Menge, wie sie einem Fünfzehnjährigen zu diesem seligen Gefühl großer Aufregung gereicht, so wie es ein Jahr zuvor die Flasche Apfelkorn tat, die mir eine unachtsame Kassiererin in einem Supermarkt tatsächlich verkauft hatte, und so wie es ein paar Monate später die entblößte weibliche Scham tun sollte, die mir eine ebenso unachtsame Mitschülerin an einem Badesee zeigte. Alkohol, Hanf and a glimpse of pussy. Die Trias der höchsten Glückseligkeit für einen Halbwüchsigen.[1]

Das Polizeiauto stellte Lohmeier, und ich dachte: Jetzt sind wir geliefert. Jetzt wird Lohmeier einkassiert, und mich nehmen sie auch gleich mit. Beihilfe zum Überfahren einer roten Ampel mit dem Fahrrad werden sie mir vorwerfen und mich in eine Zelle stecken, wo mich zwei Polizisten durchsuchen werden.

»Einmal ausziehen. Striptease«, wird der böse Bulle zu mir sagen. »Und Hose gleich zum Kollegen.« Sein Kollege wird meinen Hoseninhalt durchsuchen, wird »Was haben wir denn da?« sagen, und anderthalb Stunden später wird mein Vater auf der Wache erscheinen und mir zuallererst eine schallende Ohrfeige verpassen. Vor einem Jugendrichter werde ich landen. »Ich habe jeden Tag mit Arschlöchern wie dir zu tun«, wird er sagen und mich zu Sozialstunden verurteilen, die ich in einer geschlossenen psychiatrischen Anstalt werde ableisten müssen, zusammen mit anderen Fünfzehnjährigen, die aber nicht wegen eines Viertelgramms weicher Drogen verurteilt wurden, sondern weil räuberische Erpressung und gefährliche Körperverletzung ihre Hobbys

---

1 Randbemerkung: An manchen Dingen habe ich mir ein kindliches Vergnügen bewahrt.

sind und sie auch während des Vollzugs nur schwer von diesen Gewohnheiten lassen können.

Meine Eltern werden schwer enttäuscht sein. Gerade jetzt, wo sie es im Golfclub endlich zur Platzreife geschafft haben, stellt der Bengel so etwas an und macht sie damit in der gesamten Gesellschaft unmöglich. Sie werden mich auf ein katholisches Jungeninternat ins finsterste Westfalen schicken, wo ich jeden Tag verprügelt werde, erst von den Mitschülern, dann von den Lehrern. An eine Schlägergang von der benachbarten Hauptschule werde ich Schutzgeld zahlen müssen und beim Kekswichsen jedes Mal verlieren. Notgedrungen werde ich meine Jungfräulichkeit ohne Liebe, ohne das Erlebnis, gemeinsam neues Land zu betreten, für fünfzig Mark in einem Provinzpuff verlieren, und zwar für die fünfzig Mark, die meine Oma mir zum Geburtstag geschickt haben wird und von denen ich mir eigentlich eine lange Unterhose und eine dicke Jacke hätte kaufen sollen. Der folgende Winter wird von Frost und Tripper geprägt sein.

Als gebrochener Jüngling, desillusioniert und unfähig zur Liebe, werde ich nach dem Abitur nach Hause zurückkehren, werde die Welt verachten und deshalb Soldat, Rechtsanwalt oder Mathelehrer werden. Mein Leben wird ein freudloses sein, ich werde meine Frau verhöhnen und meine Kinder behandeln wie ein ostdeutscher Baumarktmitarbeiter seine störenden Kunden, und wenn ich mit Mitte fünfzig an Verbitterung und Leberzirrhose sterbe, werden alle froh sein, dass die Welt ein riesengroßes Arschloch losgeworden ist. Und das alles nur, weil dieser Vollidiot Markus Lohmeier über Rot gefahren ist.

So tat ich das einzig Richtige in dieser Situation. Ich nahm den Krümel Haschisch aus meinem Portemonnaie und warf ihn in einen Gully. Dass ich ein paar Monate später trotzdem von Hauptschülern verprügelt werden sollte, wusste ich da noch nicht.

Die Polizisten hielten es nicht einmal für nötig auszusteigen. Sie ermahnten Lohmeier kurz durchs offene Fenster, Lohmeier sagte »Jawohl, Herr Wachtmeister, entschuldigen Sie bitte«, und der Streifenwagen fuhr weiter. Mein Dope allerdings war weg, und es war nicht einfach, Lohmeier den Gedankengang zu erläutern, der dafür gesorgt hatte, dass wir an diesem Abend nichts mehr zu rauchen hatten. Ich war wochenlang das Gespött meiner halbwüchsigen Kifferfreunde. Menschen, die ich nicht kannte, sprachen mich noch Monate später auf Partys an: »Hier, du bist doch der Idiot, der sein Dope in den Gully geworfen hat. Schisser!«

Jedes Mal, wenn ein Streifenwagen an uns vorbeifuhr, rief mir jemand zu: »Achtung, 'ne Streife. Schmeiß dein Dope weg, Alter!«

Aber jetzt stehe ich nicht in einem ruhigen Außenbezirk einer kleinen Großstadt, sondern an einer großen Kreuzung im Wedding. Hier gibt es Schießereien, Rockerkriege, Konflikte zwischen arabischen Großfamilien und Ehrenmorde. Dreizehnjährige bocken geparkte Autos auf Ziegelsteine auf, klauen die Räder und verhökern sie auf dem Russenmarkt. Neunzehnjährige Mütter verkaufen Speed und Koks aus dem Kinderwagen heraus. Wer halbwegs nach Arbeit oder wenigstens geregeltem Hartz IV aussieht, wird in einen Hinterhalt gelockt, wo ihm die drei Insignien der Zivilisation geraubt werden: Geldbeutel, Handy, MP3-Player. Das macht einen Polizisten nicht gerade zum Master of Nachsicht. Jeder kann ein Verbrecher sein, und wer mit dem Fahrrad über eine rote Ampel fährt, ist schon mal ein Verkehrsrowdy, wahrscheinlich aber ein Fahrraddieb mit Schusswaffe. Im

Wedding wird nicht aus dem offenen Fenster ermahnt, im Wedding wird im Zweifel geschossen.

Dem Fahrradfahrer ist das alles egal. Er überfährt die rote Ampel und trifft in der Mitte der Kreuzung fast mit dem Streifenwagen zusammen.

Jetzt wird's geil.

Der Streifenwagen macht eine Vollbremsung, der Fahrradfahrer macht einen Schlenker, fährt aber ohne anzuhalten weiter geradeaus. Der hat Nerven! Jetzt wird der Streifenwagen das Blaulicht einschalten und ihn verfolgen, ihn spätestens an der nächsten Ecke stellen, und dann geht's ab nach Guantanamo.

Denkste.

Der Polizist geht zu einer Guerillataktik über. Er lässt das Fenster herunter, brüllt dem Fahrradfahrer »ARSCHLOCH!!!« hinterher und fährt ab nach rechts.

Es ist Nacht.

Vorhang.

Städtebeleidigungen I: Ruhrgebiet

Gäbe es das Ruhrgebiet nicht, man müsste eine ganze Reihe angeblich typisch deutscher Eigenheiten erfinden. Eine Kultur der Verwahrlosung, Horden besoffener Fußballfans im ICE und eine ganze Kaste dummer »Ich setz mir 'n Hut auf und bin jetzt 'n Rentner«-Kabarettisten wären Deutschland erspart geblieben.

Wo fange ich jetzt an? Wo fängt man an bei einem 5-Millionen-Moloch, der in Fragen der Trostlosigkeit den Außenbezirken von Tiflis, Grosny oder Cottbus ohne Probleme das Brackwasser reichen kann?

Es regnet. Immer. Das kommt vom Ruß und Kohlestaub, der sich als Glocke über das Ruhrgebiet legt und allen Dampf kondensieren und als grauen Regen zu Boden fallen lässt. Durch diesen Regen schleppt sich der Ruhrgebietsmensch zum Bergwerk, wo er Frondienst für Thyssen und Krupp leisten muss. Morgens um sechs hin, abends um sechs zurück. Zu achtzehnt drängen sich zerlumpte Gestalten auf einem Pferdefuhrwerk und juckeln mit Schrittgeschwindigkeit und grauer Miene in Richtung Schacht. Autos können sich nur die ganz wenigen Superreichen leisten, die mit Abitur.

Jeden Tag bleiben Pferdefuhrwerke im Schlamm der ungepflasterten Straßen stecken, und oft sinken die Pferde so tief ein, dass sie erschossen werden müssen. Um die Straße dann wieder passierbar zu machen, wird das Pferd einfach auf Fahrbahnhöhe abgesägt und der Rest steckengelassen,

Schlamm drüber, fertig. Im Ruhrgebiet fährt man nicht auf Pflaster, man fährt auf halbierten Pferdeskeletten.

»Ja, aber die Menschen, die Menschen sind so toll«, ruft der Pöttler nun und meint damit baumstammförmige Männer mit Vokuhila, Cowboygang und im Knast selbstgestochener schimmelgrüner Tätowierung auf dem Unterarm. »Mir kann keiner« brüllt einem der ganze Typ nonverbal entgegen. Ein Volk von Hausmeistern und Gerätewarten, die schon Mitte der Neunziger ein Handy hatten und es in einer Gürteltasche trugen, damit es auch jeder sehen konnte. Leute, die mit »Mahlzeit!« grüßen und sich mit »Tschüssikowski« verabschieden, nach einem Streit gern auch mal mit »Und tschüss«. Männer, für die der Fernsehsender DMAX erfunden wurde: »Wir sägen diese Harley in der Mitte durch und schrauben hinten ein Pferd dran. Das hat vor uns noch nie jemand getan.«

Ja, da ist es wieder, das Pferd! Es ist das Ruhrgebietstier schlechthin. Ausdruck der Männlichkeit, stark, schwarz wie Steinkohle und leicht nach Buttersäure stinkend. Alles lässt sich mit dem Pferd erledigen, und was sich nicht mit dem Pferd erledigen lässt, ist es nicht wert, überhaupt erledigt zu werden.

»Schatz, mir ist gerade die Fruchtblase geplatzt.«

»Kein Problem! Steig aufs Pferd, und wir sind in einer guten Stunde im Krankenhaus.«

»Guten Morgen, Kinder. Wer wischt denn heute mal die Tafel?«

»Das Klassenpferd.«

Vom Essen wollen wir gar nicht reden. Oder kann mir jemand eine kulinarische Spezialität des Ruhrgebietes nennen? Was sollte das sein? Zwiebelmettbrötchen? Hat man schon mal Folgendes von einem emigrierten Essener gehört: »Ach, Mensch: Was mir hier in Berlin am meisten fehlt, das ist so ein richtiges Ruhrpott'sches Zwiebelmettbrötchen. Das kriegt hier einfach niemand anständig hin. So richtig mit labberigem Brötchen und schon leicht vergorenem Mett, hmmm.«

Nein, hat man nicht, was aber sicherlich auch daran liegt, dass aus dem Ruhrgebiet niemand emigriert. 1983 soll es mal ein Bochumer geschafft haben, das Ruhrgebiet zu verlassen. Er kam bis ins Münsterland, wo er noch am gleichen Tag an einem Frischluftschock starb.

Doch das Thema war Essen (no pun intended): Alles, was dem Pöttler vor die Füße krabbelt, wird frittiert. Nirgends ist die Frittenbudendichte höher als zwischen Duisburg und Dortmund. Jeder Versuch der gehobenen Gastronomie (Vapiano, Starbucks, Asia Snack), im Pott Fuß zu fassen, scheiterte an mangelnder Nachfrage. Das Frittieren ist hier eben nicht nur die traditionelle Zubereitungsmethode, sie ist auch die einzig bekannte. Wer im Ruhrgebiet zu einem privaten Abendessen eingeladen wird, darf sich nicht wundern, wenn er statt eines zubereiteten Gerichtes nur Schüsseln mit rohen Kartoffeln, Fleisch und höchstens noch Karotten oder Zwiebeln vorfindet. In der Mitte des Tisches aber steht eine Fritteuse. »So, dann mal Mahlzeit«, wird der Gastgeber sagen und eine ganze Zwiebel ins siedende Fett werfen. Abgeschmeckt wird die frittierte Köstlichkeit mit einem feinen Saucentrio aus Ketchup, Mayonnaise und Senf.

Überhaupt ist die Fritteuse das Universalgerät für jeden Haushalt. Das Handy ist kaputt, kein Problem: fünf Minuten in die Fritteuse damit, und die Kontakte sind wieder gut geölt. Das Hemd müffelt, weil man wieder den ganzen Abend in der Raucherkneipe gesessen hat: Schnell mal in die Fritteuse gehalten und der Rauchgestank ist weg.

Der Verzehr von frischem Gemüse und Obst ist im Ruhrgebiet bei Strafe verboten. Alfred Krupp hat sich bereits

1867 erfolgreich für dieses Verbot eingesetzt, denn er hatte ein ausgeprägtes Interesse daran, dass seine Arbeiter niemals das Pensionsalter erreichen.

Neben der Fritteuse ist das Wichtigste im Ruhrgebiet: Fußball. Gesellschaftliche Wertschätzung macht sich an der Menge der BVB-Devotionalien im Wohnzimmer fest. Wer etwas auf sich hält, hat einen BVB-Altar mit Räucherwerk aus rituell betanztem Fußballleder und hängt das Portrait von Jürgen Klopp im Wohnzimmer an die Stelle, an der bis 1945 das Hitlerbild hing.

Fußballer ist das Höchste, das ein Ruhrgebietsmensch werden kann. Jedes Kind hört irgendwann diesen Satz von seiner Mutter:

»Jung, hömma! Wennde dauernd nur Hausaufgaben machst und nie Fußball spielst, dann musste am Ende studieren. Willste dat?«

Das Kind senkt den Kopf und sagt schuldbewusst: »Nee.«

»Na siehste. Guck dir den Onkel Walter an, der ist Diplom-Verwaltungswirt. Glaubste, dem macht dat Spàss?«

»Nee.«

»Na also. Jetz gehste ma schön nachm Bolzplatz hin, hömma. Kannst auch Vatters Pferd nehmen, das muss sowieso mal raus.«

Mit anderen Worten: Wer wissen will, wie es in der DDR ausgesehen hat, der kann ins Ruhrgebiet fahren und muss sich nur noch die NVA dazudenken. Vielleicht sollte man ein größeres Umsiedlungsprojekt starten, um die vielen Berliner zufriedenzustellen, die sich so gern über renovierte Häuser, freundliche Menschen und saubere Cafés mit gutem Essen aufregen, weil es das früher ja auch nicht gegeben hat. Im Ruhrgebiet, da könnt ihr noch glücklich werden, da ist alles noch so richtig schön scheiße wie früher.

Regeln für deutsche Restaurantgäste

Komm im Pulk. Brich über ein Restaurant herein wie Hitler über Polen. In Überzahl und fest von der historischen Richtigkeit deines Tuns überzeugt. Platz da, jetzt komm icke! Auch wenn es von draußen schon zu voll aussehen sollte: Das wollen wir doch mal sehen!

Sei nicht schüchtern. Schicke nicht etwa einen vor, um nach einem Platz zu fragen, sondern geh mit dem gesamten zehnköpfigen Pulk geschlossen durchs Lokal. Jedes einzelne Mitglied deiner Gruppe soll sich von der Raumsituation selbst überzeugen können und darf seine Meinung zum gewünschten Platz äußern.

Sei der Anführer, und lass die Herde dumpf hinterdreintrotten. Geh zuerst mit allen zehn Mann zusammen in den rechten Flügel des Restaurants, stelle am Ende des Raumes fest, dass alles belegt ist, und brülle dann: »HIER IS ALLES VOLL! ZURÜCK! ALLE ZURÜCK!«, was der Letzte im Glied aber nicht versteht, deshalb nur desorientiert um sich schaut und den Rückweg blockiert. Brüll den Blockierer durch den ganzen Raum an. »MANFRED! MANFRED, GEH DOCH MAL ZURÜCK. HALLO! MANFRED!«

Kämpfe dich nun an allen deinen Kollegen vorbei wieder an die Spitze des Haufens, zieh dabei mit deinem Rucksack Mäntel von der Garderobe, und halte deinen Schal anderen Leuten ins Essen. Was kannst du dafür, dass hier so wenig Platz ist. Dirigiere deine Kompanie in den linken Flügel des Restaurants, wo ihr wieder stehenbleibt.

Diskutiere jetzt laut darüber, wie man es machen könnte. Ob man den hausmeisterförmigen Mann mit der Schweinshaxe dahinten fragt, ob er sich nicht vielleicht zu dem Studentenpärchen da drüben setzen kann, das sich gerade einen Gartensalat teilt. Ob das Reservierungsschildchen auf dem einen Tisch da wirklich ernst gemeint ist. Oder ob man es doch nochmal in der Trattoria dal Duce versuchen soll.

Fange nun an, Tische und Stühle herumzuschieben und dir eine Tafel zu bauen, die dir genehm ist. Das freut den Wirt, dann muss er es nicht selbst tun. Lass es ordentlich rumpeln, und ruf dabei immer wieder: »SO! JETZT! HIER! DOCH, DAS GEHT! ACHTUNG!«

Du zahlst ja hier. Alle anderen essen umsonst. Da wird es ja nicht zu viel verlangt sein, dass man hier anständig sitzen kann.

Tu es laut, und schrei dabei, dass die Erika sich ja jetzt hier hinsetzen kann oder vielleicht doch besser da, dann kann sie mit dem Manfred nämlich über Eck… oder will der Manfred lieber außen sitzen, damit er schneller raus kann, falls er »auf Klo« muss mit seiner schwachen Blase? Sag der Oma Gundel, jaja, sie bekäme ja gleich ihren Kamillentee, und zisch den Niklas an, dass er sich jetzt endlich hinsetzen soll, sonst gäbe es als Nachtisch kein Eis.

Sobald du die Speisekarte in der Hand hast, lies jedes Gericht, das für dich in Frage kommt, laut vor und wiege den Kopf dabei: »Zürcher Geschnetzeltes. Aha. Lammsattel mit Püree, hm-hm.« Lass dabei keinen dummen Wortwitz aus: »Lasagne al porno. Soso.«

Frage nach fünf Minuten in die Runde, wer denn nun was nimmt. Es kann erst bestellt werden, wenn das jeder vom anderen weiß. Tu auch deine eigene Entscheidung kund, und zwar wie folgt: »Ja! Wildpfanne Hubertus. Ich glaub', das mach ich.« Oder: »Ja! Linguini ai gamberetti und vorneweg die Leberknödelsuppe. Ich glaub', das mach ich.«

Scheue allerdings nicht davor zurück, die Kreationen des Kochs zu korrigieren. Alles, was auf der Karte steht, ist nur eine unverbindliche Empfehlung. Sag, du willst das Cordon Bleu, aber ohne Schinken, oder die Linsensuppe, aber ohne Speckwürfel. Der Koch hat das zu leisten, was du von ihm verlangst. Ist doch ein Dienstleistungsbetrieb hier. Und wenn du sagst, du hättest gern eine Pizza Sauerbraten mit Klößen und Rotkohl, dann hat er die gefälligst zuzubereiten.

Bestelle für die Oma Gundel nur heißes Wasser, denn ihren Kamillenteebeutel hat sie zum Glück selbst dabei. Schön, wenn man was sparen kann. Bestell dir eine Cola, und kipp deinen eigenen Whisky aus dem Flachmann hinein.

Wenn es ans Bezahlen geht, wird es ernst. Feiern, Freude, Ausgelassenheit – schön und gut, aber auch nur bis zu einem gewissen Punkt. Deshalb muss alles bis auf die letzte Nullzweierflasche Mineralwasser verrechnet werden. Was gar nicht geht, ist das sogenannte römische Bezahlen, bei dem der Kellner die Rechnung auf den Tisch legt, wieder geht und die Gäste das unter sich ausmachen. Oder am Ende sogar den Gesamtbetrag durch die Anzahl der Köpfe teilen. Ja, wo kommwer denn da hin? Das können diese Kameltreiber vielleicht bei sich zu Hause in Molukkistan machen, wo sowieso schon alles egal ist. Bei uns laufen die Dinge anders, Freundchen!

Und auch wenn es deine Freunde oder Verwandten sein sollten, mit denen du hier am Tisch sitzt: Wer weiß, ob ihr nicht in einem Jahr heillos zerstritten seid und nicht mehr miteinander redet – die Oma Gundel wird's ja, so wie's aussieht, nicht mehr lange machen, und ob die ein anständiges Testament gemacht hat, na, ich weiß ja nicht – und dann wären nämlich die drei Euro, die du jetzt zu viel bezahlt hättest, auf ewig verloren. *Die* ersetzt dir dann keiner. *Die* sind weg. Und *dann* stehste da. *So* sieht's nämlich aus!

Deshalb lass die Kellnerin um den Tisch herumgehen und jeden einzeln abkassieren. Während sie am anderen Ende des Tisches steht und mühsam rechnet, raune deinem Sitznachbarn zu: »Na, die ist aber auch nicht die Hellste.«

Kassiert sie dich ab, runde nur auf den nächsthöheren ganzen Betrag auf. Ist ja schließlich teuer genùch hier. *Du* hast keinen Dukatenscheißer im Keller. Du musst *auch* gucken, wo du bleibst. *So* dicke hammers nich'. Wir ham's nämlich nicht vom Ausgeben, sondern vom Behalten.

Wenn dich jemand einladen will, sei persönlich beleidigt. Eine Einladung ist nämlich nichts anderes als der Vorwurf, du könntest dir ein Auswärtsessen eigentlich gar nicht leisten. Der Spender will dich lächerlich machen. Er ist ein widerwärtiger Großkotz, der mit seinem Geld um sich wirft und glaubt, sich seine Freunde kaufen zu können. Außerdem muss er bei der Sache ja wohl einen Hintergedanken haben, will sich wahrscheinlich von dir auspeitschen lassen oder so Schweinkram, und bei solchen Leuten steht man nicht gern in der Schuld. Sag deshalb: »Ich kann mein Essen schon selbst bezahlen«, und mach dazu schmale Lippen. Fummle deinen fünfmal gefalteten Zehn-Euro-Schein aus dem Plastiktütchen, in dem du auch dein Kleingeld, einen Bleistiftstummel und ein paar lose Schmerztabletten mit dir führst, und streiche ihn auf dem Tisch glatt.

Sobald du vom Lokal auf die Straße getreten bist, sag: »Also hier gehmer so schnell nich' nomma hin.«

Und dann: Fahr im Urlaub in die Türkei und verlange, dass das auch dort jeder Wirt mit sich machen lässt. Du bringst ja immerhin Devisen in dieses Land, da kannst du ja wohl erwarten ...

Unterwegs

In der lauten, aggressiven Hauptstadt stieg ich in einen Fernzug. Zwei Stunden später in einer kleineren Stadt mit kleinerem Bahnhof und weniger Menschen in einen Überlandzug und auf einem Bahnhof ohne Dach oder Gebäude in einen Dieselzug, der nur aus einem Wagen bestand.

Draußen hatte ich erst noch Außenbezirke gesehen, ab und zu ein verfallenes Industriegebäude. Dann ruppige Felder. Manchmal erschienen Holzhütten mit Obstgärten, in denen Männer auf Plastikstühlen saßen und ganze Schweine über längs halbierten Ölfässern grillten. Viele verbrannten Laub oder altes Holz in ihrem Garten. Manche wohl auch Autoreifen. Schließlich sah ich nur noch Wald und sandigen Boden. Der Zug fuhr an Bahnhöfen vorbei, an denen schon seit Jahrzehnten kein Zug mehr gehalten hatte. Die Bahnhofsgebäude waren verrammelt, Unkraut wuchs auf den Bahnsteigen. Die Uhren an den Bahnhöfen standen alle auf genau 12:00 Uhr und liefen nicht mehr. Dort, wo der Zug hielt, standen Menschen, die sich noch nie Gedanken über ihr Erscheinungsbild hatten machen müssen.

Nach insgesamt vier Stunden Fahrt kam ich in einem riesigen Kopfbahnhof an. Er hatte bestimmt mehr als zwanzig Gleise, trotzdem hielten hier anscheinend nur dieselbetriebene Überlandzüge. Außer dem Gleis, auf dem mein Zug hielt, war nur noch ein weiteres belegt. Vor den meisten Bahnsteigen hing Absperrband. Irgendwann musste hier mal viel los gewesen sein, aber das war lange vorbei. Außer der Handvoll Men-

schen, die mit mir aus dem Zug stiegen, war der Bahnhof menschenleer.

An der Stirnseite war über die gesamte Breite des Bahnhofes ein riesiges Mosaik angebracht. Arbeiter mit Bauhelmen schrauben gut gelaunt Plattenbauten zusammen, Bergleute mit nacktem Oberkörper und riesigen Hämmern kommen verschmiert, aber stolz aus dem Schacht, Frauen mit Kopftüchern werfen Saatgut aus einer Umhängetasche aufs Feld, Kinderformationen gehen fröhlich zur Schule und grüßen den Schutzmann.

In der Vorhalle suchte ich nach einem Stadtplan oder einer Infotafel, fand aber nicht mal einen Fahrplan. Der Fahrkartenschalter war geschlossen. Ein handgeschriebener Zettel klebte von innen an der Scheibe. Öffnungszeiten standen nicht darauf.

In dem ganzen Bahnhof war noch ein einziger Laden in Betrieb, in dem ein unrasierter Mann saß. Auf dem Tresen vor sich hatte er die wenigen Produkte angeordnet, die er zu verkaufen hatte: Süßwaren, Brotringe und ungekühlte Limonade. Als ich den Laden betrat, winkte er ab und rief einen Satz, den ich nicht verstand.

»Sorry, I am looking for a hotel. It's called Casa Toscana«, sagte ich in der Tür stehend. Wieder rief er etwas und machte mit der Hand eine wegfegende Bewegung.

»Casa Toscana?«, sagte ich wieder.

»Khavay snet! Fat sidikh«, rief er.

»Hotel Casa Toscana?«

Er wurde laut und zeigte mit werfenden Bewegungen Richtung Ausgang: »Fat sidikh! Fat sidikh!«

Ich konnte nicht herausfinden, ob er sich von mir bedroht oder gestört fühlte, hielt es aber für besser zu gehen.

Ich hätte mir vorher wirklich Mühe geben sollen, die Landessprache besser zu lernen. Leider machten die zwanzig Dia-

lekte, die man in diesem Land sprach, die Sache noch viel komplizierter. Vielleicht so kompliziert, dass sich der Aufwand gar nicht lohnte. Die Hochsprache, so hatten mir die Leute gesagt, die vorgaben, sich damit auszukennen, spreche in diesen ländlichen Gegenden ohnehin niemand. Allerdings seien auch die Hauptstädter weit davon entfernt, ausschließlich dialektfrei zu sprechen.

Obwohl der Bahnhof selbst offensichtlich kein Ort der Betriebsamkeit war, war auf dem Bahnhofsvorplatz ein bisschen was los. Drei Stände standen herum, an denen man Brotringe, Süßwaren, ungekühlte Limonade und auch eingelegtes Gemüse kaufen konnte. An einem Stand grillte der Verkäufer Maiskolben in einem halbierten Ölfass. Hier waren auch tatsächlich ein paar Menschen unterwegs. Männer saßen auf den Betonpollern und tranken Bier. Manche kauften etwas an einem der Stände. Ein paar Viertelwüchsige von höchstens zwölf Jahren mit einer Mischung aus Iro und Vokuhila als Frisur benahmen sich, als wären sie sehr erwachsen und ein bisschen kriminell. Rauchend liefen sie über den Platz, zogen beim Inhalieren böse die Mundwinkel nach unten und riefen einander wichtige Dinge zu.

Auch hier kein Stadtplan oder eine Infotafel. Ich musste jemanden nach dem Weg fragen. Ich sprach die erstbeste Person an, es war eine Frau mit einer Einkaufstüte.

»Excuse me?«

Die Frau lief weiter, ohne mich anzusehen. Ich folgte ihr.

»Hello, excuse – «

Sie ging schneller.

»I'm looking for –«

Sie lief schnell weg. Ich wollte nicht als Belästiger erscheinen und blieb stehen. Da kam auch schon eine andere Frau.

»Sorry, could you help me, please?«

Sie sah mich an und sah wieder weg.

»I'm looking for…«

»Nay, nay, nay!«, quiekte sie und ging schneller.

Ich versuchte es bei einem jungen Handwerker, der eine offene Bierflasche in der Beintasche seiner Cargohose stecken hatte. Ich versuchte es bei einem fünfzigjährigen Mann, der einen pinkfarbenen Mickey-Mouse-Pullover unter einer schwarzen Anglerweste trug. Alle liefen an mir vorbei und sahen mich höchstens abschätzig an.

Das hatte so keinen Sinn. Die Männer auf den Betonpollern hatten mich bemerkt und redeten anscheinend schon über mich. Komischer Ausländer, was quatscht der unsere Frauen an? Kann der nicht weiterlaufen wie alle anderen auch? Nach zehn Minuten kam ich auf die Idee, dass mein Englisch vielleicht eher ein Nachteil war und dass ich einfach kürzere Fragen stellen sollte.

Ich fragte einen dicken Mann, der schlecht zu Fuß war:

»Casa Toscana?«

Er brummte etwas.

»Casa Toscana? Hotel?«, fragte ich wieder. Er grummelte etwas länger und etwas lauter. Du musst schon irgendwo hinzeigen, Alter, ich verstehe dich nicht.

»Casa Toscana, where?«, sagte ich und beschrieb mit dem Zeigefinger einen Kreis.

Jetzt hatte der Mann verstanden. Er zeigte in eine der Straßen, die von dem Bahnhofsvorplatz abgingen, nuschelte etwas und ging weiter. Ich folgte dem Finger und stand bald vor einem dreistöckigen Betonbau. In allen Fenstern leuchtete es rot. Die Glastür des Eingangs war mit einer roten Folie verklebt, auf die eine Frauensilhouette gedruckt war. Daneben stand »Casa Oksana«.

Ich ging zurück zum Bahnhofsvorplatz.

Die Männer auf den Betonpollern fingen wieder an zu reden und auf mich zu zeigen, als sie mich sahen. Ein Mann mit einem Aktenkoffer ging schnellen Schrittes über den Platz. Er guckte sehr beschäftigt.

»Sorry! Casa Toscana?«

Der Mann sah auf. Ich sah in seinem Gesicht, dass er nicht von hier war.

»I am looking for Casa Toscana, it's a hotel«, sagte ich. »It's got to be somewhere around here.«

Das Gesicht des Mannes hellte sich auf.

»Oh yes, Casa Toscana«, sagte er erstaunlich akzentarm. »That's on the other side of the railway station. Cross the bridge over there and you're walking directly towards it.«

»Thank you«, sagte ich. »You are not from this town, I guess?«

»I am not even from this country. But I stay at Casa Toscana, too.«

»Thank you very much!«

»You're welcome.«

Die Casa Toscana war ein flacher Waschbetonbau, vor den die Betreiber zwei ionische Säulen aus Pressspan und einen halbverdorrten Oleander in einem terracottafarbenen Plastiktopf gestellt hatten. In der Eingangshalle waren ein paar Efeuranken und eine römische Frauenstatue auf die Wand gemalt. Ein tragbarer Michelangelo-David stand illuminiert neben dem Getränkeautomaten auf einem wackligen Sockel. Ein strenger Rezeptionist stand hinter der Rezeption und begrüßte mich in der Landessprache, ohne mich dabei anzusehen.

»Hello! I booked a single room.«

Er reagierte nicht.

»Hello?«

»What?«

»I booked a room.«

Der Rezeptionist stöhnte und verdrehte die Augen: »Name?«

Ich sagte ihm meinen Nachnamen. Dann buchstabierte ich ihn. Dann schrieb ich ihn auf ein Stück Papier. Er schlug sein Reservierungsbuch auf und fuhr mit dem Finger die Zeilen entlang. Vieles war ausradiert und überschrieben worden, so dass man kaum noch einen Namen lesen konnte.

»No«, sagte er schließlich.

»What no?«, fragte ich.

»No. You in this house: no.«

Was sollte das heißen? Für Ausländer kein Zutritt? Heute nur Stammgäste? Nicht mit den Schuhen? Ich versuchte es mit meinem Vornamen.

»What?«

Ich schrieb meinen Vornamen auf den Zettel. Er ging wieder sein Buch durch.

»Ah, there«, sagte er. »That you?« Mein Name stand im Reservierungsbuch, geschrieben, wie sich Einheimische vorstellen, dass man ihn schreibt.

»Yes, yes«, sagte ich. Das Buchstabieren fremder Namen bei ihrer telefonischen Weitergabe hatte sich hier wohl noch nicht durchgesetzt.

»Single room?«, fragte der Rezeptionist.

»Yes.«

»Room 146«, sagte er und reichte mir einen Schlüssel. »Breakfast nine thirty. You leave twelve o'clock. No smoking in room. When you have woman in room tonight, this will cost extra.«

»Thank you«, sagte ich und nahm den Schlüssel entgegen.

»Yes, yes«, sagte er.

*

»Warst du schon mal in Kasachstan?«, fragt Lina.

»Nein. Aber ich war in Bünde in Westfalen. Das ist so ähnlich.«

»Du bist viel unterwegs?«, fragt sie.

»Ja, ich glaube, ich habe jede deutsche Stadt gesehen, die mehr als 100.000 Einwohner hat. Aber das sind ja eh nicht so viele. Wahrscheinlich war ich in mehr Dörfern und Kleinstädten.«

»Und wo war's am schönsten?«

»Frag mich lieber, wo es am seltsamsten war.«

Deutsches Land

Wenn man sechs neonorange Plakate mit der Aufschrift »DISKODISKODISKO« an einem maroden Bahnhofsgebäude hängen sieht, weiß man, dass man auf dem deutschen Land ist. Sie kleben auf einem Sperrholzbrett, mit dem das Fenster des schon lange geschlossenen Bahnhofsbistros zugeschraubt wurde.

Hier wohnen tatsächlich Menschen, denkt man beim Vorbeifahren. Der nächste ICE-Bahnhof ist anderthalb Regionalexpressstunden entfernt, ein Multiplexkino ist eine Einrichtung, für die die Einwohner lange Autofahrten in Kauf nehmen, und bis weit in die Neunzigerjahre hinein wurde hier Filterkaffee mit Schlagsahnehaube aus der Sprühdose als Cappuccino verkauft und unter wechselnden Schreibweisen auf der Tafel des Eiscafés Mykonos angepriesen. Den Cappuccino gibt es mittlerweile auf Knopfdruck aus der Maschine, aber auf der Tafel schreibt er sich immer noch mit »ch«. In den Speisekarten der übrigen Gastronomie feiern Apostrophoi, Bindestriche und Leerzeichen ein fröhliches Beisammensein, in der Schnitzelsektion wird ein gewisser Gordon Bleu angeboten, und im Cocktail steckt ein Papierschirmchen.

Es gibt einen lokalen Schnaps, der für Auswärtige ungenießbar ist und von einem Gastronomen serviert wird, der aussieht, als sei er als kleines Kind ins Fass gefallen. Warum man nicht wie jeder normale Mensch Wodka oder Aquavit trinken kann, sondern den örtlichen Dilllikör, Fenchelschnaps oder Pumpernickelbrand trinken muss, erschließt sich dem Auswärtigen nicht. Was sich ihm nach dem Verzehr eines Glases aber sehr deutlich erschließt, ist, warum dieser Schnaps nie eine über die Region hinausgehende Bekanntheit erreicht hat.

Es gibt in jeder Provinzgemeinde feste Institutionen, auf die man sich verlassen kann wie auf den FDP-Witz in einer Kabarettsendung: Selbst wenn es nicht einmal eine Bushaltestelle oder einen Zigarettenautomaten geben sollte, was es immer gibt, ist das Denkmal »Unseren Gefallenen 1914–1918«. Am längsten ist die Küche immer beim Griechen geöffnet, und sein Lokal ist voller Pappmachéstatuetten, aufgemalten Weinreben und illuminierten Akropolen. Der örtliche Kleinkunstladen heißt Kulturscheune, Alte Gießerei oder Alte Nervenheilanstalt und hat zwei Mal im Monat Programm. Dann kommt ein Puppenspieler aus Wismar, der den tapferen Schneider spielt, ein Trio aus der Umgebung mit Gitarre, Geige und Akkordeon, das jiddische Lieder und französische Chansons kann, oder ein Kabarettist aus Westfalen, der ganz OK die Merkel nachmacht. Der Betreiber ist über sechzig und tritt einmal im Jahr selbst in seinem Laden auf, denn er spielt in einer »The Who«-Coverband namens »The What«. Außerdem erzählt er gerne Geschichten von früher: »Bei mir waren sie ja alle schon. Der Volker Pispers, als ihn noch keiner kannte. Der Urban Priol, als ihn noch keiner kannte. Und der Georg Schramm macht hier gerne seine Vorpremieren. Weil wir so ein kritisches Publikum haben. Die haben schon viel gesehen. Ist wie bei dir in Berlin.«

Überhaupt wird bei jeder Gelegenheit versucht, Fremde von der Bedeutung des Ortes zu überzeugen. Durchreisende Städter werden am Arm festgehalten und so lange mit Fakten der Sorte »Wir waren Freie Reichsstadt bis 1803«

traktiert, bis sie zugeben, dass der Ort in einem Atemzug mit London, Paris und New York genannt werden sollte.

Du bist nämlich, deutsches Dorf, grundsätzlich ein Dorf von weltgeschichtlicher Bedeutung. Napoleon ist hier auf dem Rückzug von Leipzig durchmarschiert, Bismarck war hier mal im Puff, und Goethe hat dank eines Unfalls eine Nacht hier verbracht. An dem Haus, in dem er übernachtete, hängt eine Plakette, und an der Stelle im Wald, an der seine Kutsche einen Achsbruch erlitt, steht ein Gedenkstein, der drei Mal so groß ist wie jener, der an die 1938 niedergebrannte Synagoge erinnert. Seit 1903 finden deshalb jedes Jahr hier die »Humpendorfer Kutscherspiele« statt, bei denen Laien aus dem Dorf das volkstümliche Stück um den unfreiwilligen Goethebesuch spielen. 2003 wollte der neue Bürgermeister sich mit etwas Modernität profilieren, und so kam es zur Uraufführung des Musicals »Goethe down – Achsbruch mit Folgen«. Zwei Tage nach der Premiere wurde der Bürgermeister von wütenden Einheimischen mit Fackeln und Mistgabeln aus dem Amt gejagt, womit leider auch das für 2013 angedachte Schlittschuhmusicalprojekt »Goethe on ice« ein Ende fand. Er lebt heute in Argentinien.

Sollte es das alles bei dir aber nicht geben, deutsches Dorf, so hast du aber immerhin mal irgendeine Industrie gehabt, Plastik oder Elektro, die in den Neunzigern leider vor die Hunde ging, die aber früher jeder kannte: der Leifheit-Klappstuhl, der kam von hier. Stand in jedem Haushalt. Der Dual-Plattenspieler. Haben die größten Künstler benutzt. Der wurde hier produziert. Das Fromms-Kondom. Hat jeder schon mal reingespritzt. Das wurde hier entwickelt. Dann muss der Städter »Ach, sieh mal einer an« sagen und beeindruckt die Augenbrauen hochziehen. Wer das nicht tut, kriegt gleich noch einen Pumpernickelbrand ausgegeben.

Sonst bist du aber sehr entspannt. Niemand muss hier

schnell gehen, niemand gehetzt reden oder flexibel auf eine ungewohnte Situation reagieren, und oft hat man den Eindruck, dass man hier nicht mal besonders schnell denken muss. Man stellt dem Landbewohner eine simple Frage wie etwa: »Wo kann ich denn hier parken?« und kann dabei zusehen, wie er sich in die finstere Studierstube seines Kopfes zurückzieht, um die Frage dort in gelehrtem Disput mit sich selbst zu erörtern. Währenddessen gibt sein Mund ein Denkalibi vor und bildet verzögernde Füllwörter oder redet von etwas ganz anderem: »Ja, äh … parken, also … die Kirche ist um elf aus, da fahren dann viele wieder weg. Wir haben hier auch Katholiken, die kommen von Langenbuch oder Kredlitzhausen. Einer sogar aus Michendorf. In Michendorf hätte ich eine Wohnung kaufen können, aber da war dann der Hausschwamm drin. Der alte Ruppel hat sie dann gekauft. Der war auch neulich mal zum Grillen bei uns. Ich mag ihn ja eigentlich nicht so, aber meine Frau hat ihn eingeladen. Na ja, wenn die Frauen sich einmal was in den Kopf gesetzt haben, das kennen Sie ja selbst, was will man machen?«

Und so geht das immer weiter. Man kann nun rufen: »Alter! Wo ich hier parken kann, hab ich gefragt«, aber der Angesprochene wird einen gar nicht hören, und die beiden Gelehrten in seinem Kopf scheinen zu keinem vernünftigeren Ergebnis zu kommen als : »Tja, wer weiß das schon. Das könnte so sein, aber auch so.«

Auf dem Land geht eben alles etwas langsamer. Trotzdem wird in einem Tempo Auto gefahren, als stünden die Nordkoreaner schon an der Oder. Der Städter, der Tempo-30-Zonen und Fahrradhelm gewohnt ist und außerdem betrunkenes Autofahren für ein zu Recht mit hohen Strafen belegtes schweres Vergehen hält, sitzt im Skoda des Landmannes und betet vor jeder Kurve um sein Leben.

»Wir ruhen all in Gottes Hand«, sagt der Landbewohner.

»Wenn ich beim Autofahren draufgehe, dann hat Gott mich so lieb, dass er mich zu sich geholt hat.«

Die vielen Kreuze am Straßenrand lassen darauf schließen, dass Gott gerade die Landbevölkerung besonders liebhat.

Warum auch nicht. Man kann dich ja auch liebhaben, deutsches Dorf. Deine lokale Bierspezialität, dein vorzügliches Schnitzel, deine güllegetränkte Luft, die für den Städter so wunderbar nach Authentizität und rustikaler Einfachheit schmeckt. Nur zur neonorangen Veranstaltung »DISKODISKODISKO« gehst du vielleicht besser allein.

Städtebeleidigungen II: München

Unser Münchenbild ist immer noch von Stereotypen und Klischees geprägt. Die liebgewonnenen Vorstellungen von reicher Bussi-Bussi-Gesellschaft und langhaarigen Geschäftsleuten im Segeloutfit, von Einzimmerwohnungen für 1500 Euro, von zwanzigjährigen Burschenschaftervisagen, die Pradabrillen tragend im SLK über die Leopoldstraße rasen und sich alle Mühe geben, genauso große Arschlöcher zu werden wie ihre Väter – all das sind vorurteilsbeladene Konzepte aus der Mottenkiste.

Das wirkliche München sieht anders aus. »Bei uns is aa Ghetto«, weiß Alois Hintleitner, sechzigjähriger Urmünchner, der so mit seiner Heimatstadt verwachsen ist, dass er mit ihr zusammen verwahrloste. Recht hat er. Denn was man im Rest Deutschlands immer noch nicht wahrhaben will: München ist arm. München ist heruntergekommen, gewalttätig, kriminell und ausgesprochen schäbig. Alles, was Geld, Stil und Grandezza hatte, ist schon vor Jahren entweder dem allgemeinen Abstieg zum Opfer gefallen oder hat sich an den Tegernsee zurückgezogen. Auf der Maximilianstraße, wo einst Prada, Gucci und Dolce&Gabbana um die Frauen mit der meisten Schminke im Gesicht buhlten, reihen sich nun Pornokinos an Spielhallen und Ein-Euro-Läden. Die Menschen sehen aus, wie die Raucherabteile ungarischer Überlandzüge riechen, und auf die Tür eines verrammelten Ladens hat der frühere Inhaber geschrieben: »Koa Fragen stelln! Fotzn hoitn! Weider gehen!«

Das früher übliche »Grüß Gott« wurde durch »He, du Saupreiß, wos schaust so deppert? Wuist a Watschn?« abgelöst. Selbst die Kriminellen haben Angst, nachts allein auf der Straße unterwegs zu sein.

Nur weiß das niemand!

»D'Leit verbinden mit München allerweil noch die Traumwelt von Kir Royal und Monaco Franze«, sagt Hintleitner. »Des is hoit des: Die Leit trennen sich ned gern von eahnane Vorstellungen. Aber des is dreißg Joahr her. Als die ogfanga ham, nach zwöife a Weißwurscht zum serviern, da hab i scho gwusst: Jetz geht's bergobi.«

Wer als Fremder nach München kommt, dem bietet sich folgendes Bild: Durchreisende, die noch wenigstens eine Jacke oder Schuhe am Leib tragen, werden in einen Hinterhalt gelockt und mit einem Brett bedroht, in dem vorne ein Nagel steckt. Waren das goldene Zeiten, als man sich noch ausgewachsene Schuss- oder Stichwaffen leisten konnte. Doch das letzte Springmesser hat man in München Ende der Neunzigerjahre an einen durchreisenden Italiener afrikanischer Abstammung verkauft, der auf dem Weg in die sächsische Schweiz war und dort nicht unbewaffnet erscheinen wollte.

Die Wohnungen und Häuser sind heillos überbelegt. Teilweise müssen sich bis zu sechs Menschen ein Zimmer teilen. Wanderarbeiter und Tagelöhner vom Land, die sich in der Stadt ein Auskommen erhoffen. Die meisten sind bierabhängig. Drei bis vier Liter Helles braucht ein Süchtiger am Tag. Bier, das erst einmal verdient werden muss. Dadurch steigt die Beschaffungskriminalität. Verdienen tun wieder einmal nur die Brauereien und die CSU.

Der Wohnraum verfällt zusehends, die Mieten sinken ins Bodenlose und sorgen dafür, dass eine ganze Klasse, die der Hausbesitzer, verarmt. Vorbei die Zeiten, in denen pelztragende alte Damen sich beim Konditor mit »Frau Direktor« ansprechen ließen. Konditoreien gibt es schon lange keine mehr, sondern nur noch Selbstbedienungsbackshops, in denen die Beschäftigten hinter schusssicherem Glas sitzen, denn es mag sich vieles geändert haben, eines jedoch nicht: Für eine gscheite Brezn würde der Münchner töten.

Aber wie kam es, dass München so verarmte?

»Des ganze scheene Göid is ois zu die DDRler gonga«, sagt Alois Hintleitner und hebt eine Pfanddose vom Boden auf. »I sog nur Länderfinanzausgleich. Mehr sog i ned.«

Ja, es ist wahr: Prestigeprojekte wie der Berliner Flughafen, die Hamburger Elbphilharmonie oder das Jahrhunderthochwasser von 2013, das sich die Sachsen und Anhaltiner geleistet haben – all dies wurde zum größten Teil vom Süden finanziert. Während man in Baden-Württemberg allerdings schon seit jeher eine asketische Einstellung zum Arbeiten und Geldausgeben hatte, die den Schwaben und Baden nun über die Krise half, sitzen die gemütlichen Bayern lieber weiterhin im Wirtshaus, essen Schweinshaxe, schimpfen auf den Norden, aber machen weiter wie bisher.

Reinhard Moser, früher einer der erfolgreichsten Bauunternehmer Münchens, macht für dieses gedankenlose Laisser-faire die Immigration verantwortlich. Fast sechzig Prozent der Münchner haben einen Migrationshintergrund und sprechen nicht richtig Deutsch, die meisten davon sind Niederbayern.

»Auch wenn man das nicht so gerne hört: Die Bayern sind einfach faul«, sagt er. Eine These, die er auch in seinem vieldiskutierten Buch »Schleichts euch« dargelegt hat und das ihm bereits harsche Kritik seitens der niederbayrischen Community eingebracht hat.

»Die Faulheit ist sehr tief in der bayerischen Kultur verankert, allerdings versteckt hinter dem verschleiernden

Begriff der Gemütlichkeit«, sagt Moser und nippt an seinem Tegernseer. »Das reflektiert sich ja schon in der Sprache. Schauen Sie: Während es im Hochdeutschen heißt ›Ich *habe* im Wirtshaus gesessen‹, sagt der Bayer ›Ich *bin* im Wirtshaus gesessen‹. Ja, wissen Sie, was das heißt? Sitzen, liegen, lehnen, herumstehen: Das sind für den Bayern Verben der Bewegung! Wie soll man diese Menschen zu anständiger Arbeit motivieren, wenn schon Herumstehen für sie Anstrengung bedeutet?«

Auch die gestiegene Kriminalität setzt Moser in Verbindung zur Immigration. Die traditionell engen Familienbindungen der Niederbayern haben über die letzten Jahre die Bildung großer Clans begünstigt, die ganze Viertel kontrollieren. Regelmäßig kommt es zu Zusammenstößen und Gangmorden zwischen den Neuperlacher Hinterschwepfingern und den Berg am Laimer Grillhösln. Die Polizei setzt verstärkt auf sogenannte Kontaktbeamte, die selbst niederbayrische Muttersprachler und Katholiken sind und dadurch im Milieu Respekt genießen. »Doch das ist nur ein Tropfen auf den heißen Stein«, sagt Moser. Er wünscht sich große Umerziehungsprogramme. Dafür jedoch fehlt das Geld.

Hintleitner: »Sobald mir zwoa Euro verdienen, kimmt so ein DDRler daher und nimmt uns einen Euro wieder weg, weil er bei sich dahoam einen Puff bauen will.«

All das hört man in der deutschen Öffentlichkeit allerdings überhaupt nicht gern. Die mächtigen Lobbys der Tourismus- und der Bierindustrie, die mit der CSU unter einer Decke stecken, halten jede negative Berichterstattung über München zurück, Journalisten werden eingeschüchtert und kritische Beobachter systematisch mundtot gemacht. Mit dem Klischeebild vom reichen Münchner, der fünf Häuser in Berlin besitzt, den Pullover über der Schulter trägt und mit dem Weißbierglas im Mercedes Cabrio sitzt, lässt sich eben gutes Geld verdienen. Geld, das woanders fehlt, das jeder Tagelöhner gut gebrauchen könnte.

Genau dieses Bild war es, das die Niederbayern aus dem Elend ihrer Heimatdörfer nach München gezogen hat. »Der is z'Minga« ist das Höchste, was man in Niederbayern über einen Abwesenden sagen kann. Wer in München ist, der gilt als gemachter Mann.

»Wos, der is z'Minga?«, lautet die Antwort häufig. »Da isser ja scho reich.«

Was der Abwesende allerdings in München macht, weiß man nicht. Die Wahrscheinlichkeit ist hoch, dass er einfach nur vorm Netto steht, Bier trinkt und auf den Norden schimpft und sich mit einem Brett, in dem vorne ein Nagel steckt, die Hausbesitzer vom Leib hält, die versuchen, ihm sein Bier zu klauen.

City of Angels

Gerne gehe ich an Sommerabenden aus dem Haus und beteilige mich an einem Stück Berliner Folklore: Stillosigkeit zur Schau tragen. Dazu ziehe ich meine Trekkingsandalen an, setze mich mit einer Flasche Bier ans Spreeufer am Treptower Park und freue mich darüber, dass ich hier als harmlos gelte, während man mich für dasselbe in xarema Dayton/Ohio festnehmen würde.

Der Fluss ist im Sommer eine sauerstoffarme stehende Brühe. Fisch und Fäulnis vermischen sich mit den Abgasen des Verkehrs auf der Elsenbrücke zur Berliner Luftluftluft. Wenn hier überhaupt noch etwas schwimmt, sollte man es bestimmt nicht essen.

Am Ufer stehen zwei Angler und halten ihre Angeln ins brackige Wasser. Ein beruhigender Anblick. Ich trinke mein Bier in wohldosierten Feierabendschlucken und schaue den Anglern zu. Sie holen ein, fummeln an den Haken herum, werfen wieder aus, sagen »Nee, dit jeht so nich'« oder »Maaaann, ey!«, holen wieder ein und beginnen von vorne. An ihrer Unterhaltung merke ich, dass sie gut befreundet sind:

»Gib mir mal den Blinker, du Penner!«

»Ick denke doch nich' dran, du Vorel.«

Dann lachen beide und trinken aus ihren neben ihnen stehenden Sternburgflaschen. Als der längere von beiden mich einige Meter hinter ihnen sitzen sieht, ruft er »Prost Meesta!«. Ich rufe »Prost!« zurück, und wir trinken.

Da biegt sich die Angel des Langen.

»Ick hab wat, ick hab wat!«, ruft er, holt ein, und tatsächlich baumelt ein unterarmlanger Fisch am Haken.

»Geil, Alter, kiek dir ditte an! Was für ein Gerät!«

»Bestimmt 'ne Brasse, wa?«, sagt sein Kollege. Er scheint über die aktuelle verteidigungspolitische Situation nicht ganz im Bilde zu sein, denn er trägt eine Cargohose im Tarnmuster.

»Mach ma' 'n Foto«, sagt der Lange. Sein Kollege zieht ein Handy aus der Tarnhosentasche und fotografiert den Fisch.

»Und jetzt nochmal mit mir.«

Ein klassisches Anglerfoto: der Lange mit dem Fisch auf dem Arm und ausgestrecktem rechtem Daumen.

»Super, zeig mal.«

Sie betrachten sich das Foto zusammen auf dem Handy.

»Klasse Fang«, sagt der Lange.

»Ich glaub aber, das is eher 'n Barsch«, sagt sein Kollege. »Na ja, ich kenn mich mit Fischen ja nicht so aus.«

»Ich auch nich'«, sagt der Lange, nimmt den Fisch bei der Schwanzflosse und wirft ihn zurück in den Fluss.

Ich gehe auf die beiden zu.

»Wieso werft ihr den Fisch denn wieder zurück?«

»Mann, der ist aus der Spree«, sagt der Lange. »Den kann man doch nicht essen.«

»Und was macht ihr dann hier?«

»Na, wie Eisstockschießen sieht's nicht aus, wa?«

»Dass ihr angelt, hab ich ja schon verstanden.«

»Was fragst'n dann so dämlich?«

»Warum angelt ihr denn, wenn ihr die Fische gar nicht essen wollt?«

»Na so halt. Irgendwas müssen wir ja machen den ganzen Tag.«

»Wie wär's denn mit arbeiten?«, frage ich. Ohgott, ich klinge schon wie mein Vater.

»Nee«, sagt die Tarnhose. »Das haben wir schon mal probiert, aber das hat uns nicht so gefallen. Angeln ist geiler.«

»Und wovon lebt ihr dann?«

Die Frage ist dem Langen nicht angenehm:

»Mann, Alter, bist du vom Amt oder was? Ich komm doch auch nicht einfach zu dir und frage nach dein' Kontostand.«

»Jenau«, sagt der Tarnmann. »Du sitzt hier auch nur rum mit deine Bierflasche und stellst bescheuerte Fragen. Da frag ich ja auch nich', ob du davon leben kannst.«

Okay. Punkt für die beiden.

»Also, ihr seid eher so Sportfischer?«, frage ich.

Sie lachen.

»Jenau!«, grinst der Kleine. »Wir machen dit zum Sport. Am Ufer stehen, links die Angel, rechts die Bierflasche. Voll der Sport, Alta.«

»Na ja«, sage ich. »Ich meine, ihr macht das eher so zum Hobby.«

»Wir angeln hier, verstehste das nich'?«

»Zum Spaß oder wie?«

»Nee. Wir angeln hier«, sagt der Lange. »Einfach nur angeln. Nüscht weiter.«

Ich bin verwirrt.

»Und wollt ihr da nicht irgendwie weiterkommen? Euch weiterentwickeln oder so? Immer nur angeln ist doch langweilig.«

»Nee, isses nich'. Und wat heißt denn weiterentwickeln? Ich bin doch schon Angler. Mehr kann ick ja nich' werden.«

»Das sehe ich aber anders«, sage ich.

»Dann haste halt unrecht«, sagt der Lange.

Vielleicht ist das Geheimnis der Angler doch einfacher, als ich dachte.

»Beim Angelauswerfen bewegt man 132 Muskeln«, sagt der Tarnbehoste. »Beim Fahrradfahren nur 23. Nu sare mir, wat wir hier noch entwickeln müssen.«

»Weißte: Andre Leute fahren Ski«, fängt der Lange wieder an.

»Ja und?«

»Überleg dir das mal. Die fahren aufn Berg, denn fahren se runter. Denn lassen se sich wieder hochziehen, denn fahrn se wieder runter. Ohne irgendeinen Grund. Hoch, runter, immer wieder. Ich meine, wenn die wenigstens oben irgendwas vergessen hätten. Geldbörse oder so. Oder 'ne Mütze. Oder irgendwas von unten nach oben transportieren würden. 'n Fass Bier für die Kneipe oben. Aber das machen die ja nicht. Frag doch mal einen von denen, warum er das macht. Der wird auch nur sagen: so halt.«

»Genau«, sagt die Tarnhose. »Und da finden das alle normal. Da fragt keiner, was das soll. Da lebt sogar 'ne ganze Industrie von. Von Vögeln, die hoch- und wieder runterfahren. Einfach so. Aber wenn du 'n Fisch angelst und dann zurück ins Wasser wirfst, dann steht auf einmal so'n Kloppi neben dir und stellt bescheuerte Fragen.«

»Und deshalb angelt ihr?«, frage ich.

»Ja«, sagt der Lange. »Gibt ja keene Berge in Berlin.«

»Skiausrüstung wär auch viel zu teuer, und lernen müsste man das auch noch. 'ne Angel ins Wasser halten kann jeder. Ist also so 'ne Art demokratisches Skifahren. Offen für jeden: Behinderte, Frauen, Arbeiter, Ausländer. Und ökologisch ist es auch.«

»Also, Angeln ist eher so eine Art Philosophie?«

Der Lange verdreht die Augen.

»Nein, nein, nein!«

»Sorry, aber das verstehe ich nicht.«

»Sollste auch gar nich'.«

»Ja, aber ...«

Das ist der Tarnhose zu viel:

»Mann, jetzt ist mal gut. Mach 'n Abflug.«

Vielleicht ist es wirklich besser, wenn ich mich entferne. Es gibt Bereiche, in die sollte der Mensch besser nicht vorstoßen.

»Ja, pfff ... gut. Dann noch Petri Heil!«, sage ich.

»Auch noch Fascho oder was?«

Ich drehe mich um und laufe Richtung Friedrichshain.

Was sind das für Gestalten, was für Sitten? Wer seid ihr? Angeln für nichts? Wo doch jeder Stullenschmierer seinen Kunden eine Firmenphilosophie verkaufen will und behauptet, er schmiere Stullen für Nachhaltigkeit und kranke Kinder in Nepal. Völlig ohne Interesse, Bedacht und Engagement stehen sie dort herum und wollen ihre Idee nicht einmal verbreiten. Wenn das überhaupt eine Idee ist. Zwei Hängengebliebene, zwei Aussteiger ohne Mission oder weltanschaulichen Hintergrund. Halt einfach nur zwei so Typen.

Ich sollte bald nochmal vorbeigehen und sie mir ansehen. Lange wird es solche Leute nicht mehr geben.

Zwei Wochen später.

Viele Menschen stehen am Uferweg, die Bänke sind vollbesetzt. Ein mobiler Bierverkäufer schiebt einen Einkaufswagen mit seinem Angebot vor sich her. Ihm folgt ein mobiler Pfandsammler. Individualtouristen mit einheitlicher Barttracht und schwer zu beeindruckende Zwanzigjährige mit offen stehen gelassenen Mündern bilden die Mehrheit. Es riecht nach Sternburg, Hanf und Grill. Ein DJ legt Electro auf. Manche tragen T-Shirts oder verteilen Aufkleber. Darauf steht »Scheiß auf Praktikum, ich geh angeln« oder: »Einfach nur angeln – nüscht weiter«. Ein Händler verkauft Cargohosen im Tarnmuster.

Paul und Rico stehen am Ufer wie jeden Tag. Ich bin ihr Kumpel. Von früher noch. Außerdem stehen noch ungefähr zwanzig weitere Angler herum, aber in respektvollem Abstand zu den Meistern.

Ein Asiate spricht mich an:

»Hello! My name is Tadashi. I am from Tokio student's magazine. I read in the Lonely Planet about the angling movement. You want to make interview?«

»There's nothing to say«, sage ich so gelangweilt wie möglich und werfe meine Angel aus.

»Why are you doing this?«, fragt er.

»I'm angling.«

»But why?«

Ich verdrehe die Augen.

»Ask these guys over there«, sage ich und zeige auf Rico und Paul. »They were here first.«

»They don't speak English«, sagt Tadashi.

»That's a good enough answer.«

»Sorry?«

»We never intended all this shit«, sage ich. »That was not the original idea. It's not about party or trend or anything. It's only about angling. And that's all there is to it.«

»Okay. Sorry«, sagt er und dreht sich um.

»No, wait«, rufe ich ihm hinterher. »In fact, there is one thing to say.«

»What is it?«, fragt er.

»I knew these guys before they were cool«, sage ich. »Write that down. I was here before all the others. I'm cooler than them.«

»Yes, of course you are, Mister«, sagt er, verbeugt sich und geht.

Heim

Am nächsten Tag konnte ich das Zimmer im internationalen Studentenwohnheim beziehen, das ich mir schon von zu Hause aus organisiert hatte. Eine freundliche alte Frau nahm mich in Empfang. Mit der typischen Mischung aus Angst und halb gespielter freudiger Erwartung ließ ich mich von ihr einweisen. Sie musste früher mal Englischlehrerin gewesen sein, denn sie sprach ein sehr altmodisches Englisch, das klang, als hätte sie es aus der Literatur des 19. Jahrhunderts gelernt. »This is the international hall of residence. We have many a student from abroad.«

Die hall of residence war ein sechsstöckiger Plattenbau mit zwölf wohnungsähnlichen Einheiten: Auf jeder Etage gingen vom Treppenhaus zwei Gänge ab, auf jedem Gang waren sechs Zimmer, eine Gemeinschaftsküche und ein Gemeinschaftsbad. In der Küche standen ein Tisch mit vier Stühlen, zwei kleine Kühlschränke, ein Gasofen und zwei elektrische Kochplatten. Wenn man kochen wolle, müsse man die Stecker der beiden Kühlschränke ziehen, so sagte die alte Dame, sonst riskiere man eine durchgeschmorte Sicherung. Dann müsse der Hausmeister kommen und eine neue Sicherung hineindrehen, und das dauere für gewöhnlich zwei bis drei Tage, sofern der Hausmeister gesund und in der Stadt sei.

Ich richtete mich etwas in meinem Zimmer ein und ließ die Tür dabei offen stehen, falls einer meiner neuen Mitbewohner mal sehen wollte, wer bei ihnen eingezogen war. Wollte aber erst mal keiner. Als ich fertig war, machte ich eine Runde. Im ersten Zimmer, an dessen Tür ich klopfte, fand ich eine Frau vor, die auf ihrem gemachten Bett saß und las.

»Hellooo«, sagte ich so heiter und erfreut ich gerade konnte. »I'm your new flatmate.«

»Eh?«

»I am your new flatmate. I just wanted to introduce myself.«

»No«, sagte sie und schüttelte den Kopf.

»Yes«, sagte ich. »My name is …«

»No, no!«, sagte sie wieder. Langsam dämmerte es mir.

»Do you speak English?«, fragte ich.

»Eh?«

Schließlich konnte ich doch noch in Erfahrung bringen, dass sie Izaskun hieß und aus Spanien kam.

Die Einzige, die außer ihr auch zu Hause war, war eine junge Deutsche namens Mary. Sie war sichtlich enttäuscht, als sie feststellte, dass ich ein Landsmann war.

»Gibt's hier irgendwas, das ich wissen muss?«, fragte ich sie, nachdem wir uns einander vorgestellt hatten. »Putzplan oder so was?«

»Hmm, nö… Hier macht eigentlich jeder seinen eigenen Dreck weg.«

»Ah, gut. Und sonst? Kocht ihr manchmal zusammen?«

»Eigentlich nicht.«

»Und wie läuft das hier mit der Uni so? Ich hab ja gar keine Ahnung und war auch noch gar nicht da.«

»Ach, das kriegst du schon raus.«

»Ah… okay. Sonst irgendwas?«

»Wenn du kochen willst, musst du die Stecker von den Kühlschränken ziehen, sonst knallt die Sicherung durch.«

»Ah ja. Das hat mir die Frau eben schon gesagt.«

»Na, dann weißte das ja schon.«

»Ja.«

»Na dann …«

Ich wollte sie nicht weiter stören, sagte »bis dann« und ging in mein Zimmer.

Gut. Zwei Mitbewohnerinnen, die heute nicht auf Gesellschaft aus waren. Konnte man ihnen ja auch nicht übelnehmen. Die hatten ja sicher auch ihre Arbeit.

Am nächsten Tag wurde mir deutlich gemacht, wie die Dinge hier liefen. Ich hatte eine Tiefkühlpizza gekauft, schob sie in den Ofen und ging zurück in mein Zimmer. Als ich zwölf Minuten später nach der Pizza sehen wollte, war sie weg. Ich konnte niemanden verdächtigen, weil ich außer den beiden Mädchen noch niemanden kannte, und musste zwangsläufig hungrig ins Bett gehen.

Die leichte Ahnung, dass niemand hier wohnte, um neue Freundschaften zu schließen, wurde in den nächsten Tagen zur Gewissheit. Nur Mary und Izaskun hatten ein bisschen was miteinander zu tun und saßen manchmal in einem ihrer Zimmer beisammen. Ansonsten gab man sich Mühe, einander nicht zu begegnen, und war irritiert, wenn man überhaupt angesprochen wurde. Einmal kam ich in die Küche und sagte »good morning« zu Izaskun, die dort saß und frühstückte. Sie sah mich erschrocken an, stammelte »O perdon, no lo sabía«, nahm ihre Kaffeetasse und ihren Teller und floh in ihr Zimmer. Der morgendliche Badbesuch war eine Art Wettlauf. Man musste das Geräusch der sich öffnenden Badtür abwarten, das anzeigte, dass gerade jemand das Bad verließ. Dann musste man sich beeilen, das Bad zu erreichen, bevor jemand anders schneller war. Manchmal hatte ich den Eindruck, dass alle an ihren Zimmertüren saßen und horchten, ob die Luft rein war.

Nach ein paar Tagen fand ich den Grund dafür heraus: Gary, hintere Tür links. Gary war ein geschätzt vierzigjähriger Langzeitstudent undefinierbarer Herkunft. Er sprach zwar fehlerfreies Englisch, hatte aber einen Akzent, den ich nicht zuordnen konnte. Wenn man ihn fragte, woher er denn komme, hielt er einen längeren Vortrag. Das sei ganz unbedeutend, woher er komme. Er sei in vielen Ländern aufgewachsen und fühle sich überall zu Hause. Außerdem sei er ein Mensch, da sei es ja wohl völlig egal, woher er komme. Was das überhaupt heißen solle, »herkommen«. Als ob etwas derart Überholtes wie eine Nation ein Konstitutivum der menschlichen Persönlichkeit sei. Ob man ihn für seine Herkunft aburteilen wolle, ob man Menschen je nach Herkunft unterschiedlich behandele, ob man verschiedenen Nationen bestimmte Eigenschaften zuschreiben wolle.

Das konnte Gary mit fast jedem Thema. Wenn man ihn fragte, wo in der Küche die Messer lagen, fing er an, aus dem afrikanischen Busch zu erzählen, wo er angeblich lange gelebt habe. Dort brauchten die Menschen auch keine Messer. Man müsse sich lösen von weltlichem Besitz und der bornierten Vorstellung, nur mit einem Messer etwas zu essen zubereiten zu können. Er selbst benutze schon lange keine Messer mehr, denn er habe gesunde Zähne und kräftige Hände. Der Weg zur Freiheit des Geistes führe einzig und allein über den Weg der Freiheit von Küchenutensilien.

Während seiner Vorträge sprach Gary sein Gegenüber mit »my friend« an. So gerne wäre er als weise und wohlwollend wahrgenommen worden, leider wirkte er nur onkelhaft und herablassend: »You know, my friend, there's one thing you'll have to learn …« Ah ja, schönen Dank auch!

Auch Izaskun war vor Gary nicht sicher, denn er sprach fließend Spanisch und Französisch und sicher auch noch ein paar andere Sprachen, mit denen er arglose Menschen hinterrücks in eine einseitige Unterhaltung verwickeln konnte. Oft saß er in der Küche und wartete auf ein Konversationsopfer. Dann fragte er heimtückisch, ob man Castaneda, Robert Anton Wilson oder Paulo Coelho gelesen habe. Er schaffte es sogar, in Terry Pratchett und Douglas Adams eine tiefere Weisheit zu finden, die den meisten Lesern verborgen geblieben sei, die er aber entziffert habe und sich nun berufen fühlte, sie zu verbreiten. Für Autoren, die er nicht gelesen hatte, hatte er eine Standardantwort parat: »What do you think of Shakespeare?«

»Shakespeare is overrated.«

Ungern gab er zu, dass er einen Autor nicht kannte. Einmal wollte ich ihn austricksen und fragte ihn nach Walter Moers. Seine überzeugende Antwort war: »I don't read German authors. You know, my friend, Germans have one big problem: Their power comes from others, not from within.«

Die restlichen beiden Zimmer wurden belegt von einem dreißigjährigen Doktoranden, der den ganzen Tag im Archiv verbrachte und nur zum Schlafen nach Hause kam, und einem schwulen Pärchen, das sehr aufeinander bezogen war. Sie kamen immer nur zu zweit aus dem Zimmer, selbst wenn sie duschen gingen, und sprachen in einer Sprache miteinander, die ich erst für Finnisch, dann für Ungarisch und schließlich für irgendeine halb ausgestorbene keltische Sprache hielt.

Wenn nicht gerade Gary in der Küche saß, war sie meist leer und sauber. Niemand ließ etwas herumstehen, weil niemand Lust hatte, sich mit seinen Mitbewohnern über Albernheiten wie Spülen und Putzen auseinanderzusetzen. Außerdem besaß sowieso jeder nur zwei Teller, eine Tasse, ein Glas und einen Satz Besteck, auch Gary, den ich im Verdacht hatte, heimlich Messer zu benutzen. Besuch kam nicht, und wenn, hätte er sein eigenes Geschirr mitbringen müssen. Lebensmittel, selbst Salz oder Öl, verwahrte jeder im eigenen Zimmer. Nur die zu kühlenden Lebensmittel lagen im Kühlschrank, verpackt in Plastiktüten, auf die man seinen Namen zu schreiben hatte. Bei den Schwulen hatte ich überhaupt nur durch die Plastiktüten herausgefunden, dass sie Alen und Janko hießen, war mir aber nicht sicher, ob das ihre Vornamen oder ihre Nachnamen waren.

Alles lief in festen Bahnen. Mary wollte nur mit Izaskun zu tun haben, der Doktorand nur mit dem Archiv, die Schwulen nur miteinander und niemand mit Gary. Eigentlich war es eine ganz gut funktionierende Wohngemeinschaft, wenn man auf menschlichen Umgang keinen großen Wert legte.

*

»Ich habe nie in einer Wohngemeinschaft gewohnt«, sagt Lina. »Genau wegen solchen Leuten. Hab' ich einfach keinen Bock drauf.«

»Na ja«, sage ich. »Man kann das Risiko ja minimieren, indem man ein bisschen aufpasst, wer da einzieht.«

»Keinen Bock«, sagt Lina. »Ich laufe lieber nackt über den Flur, bevor ich aufpasse.«

»Das kann man in manchen Wohngemeinschaften sicher auch.«

»Iiih! So Hippie-WGs mit freier Liebe und nackt rumrennen, aber Haushaltskasse und Buchführung oder was? Nee, nee, nicht mit mir.«

»Es gibt ja sicher mehr als ein Modell.«

»Interessiert mich nicht.«

»Ich habe mich jedenfalls meistens ganz wohl da gefühlt. Und oft ist es auch interessant.«

Ich höre fickende Menschen

Zuerst kam Luz, die mit vollem Namen eigentlich Maria de la Luz Aranda-Labrador hieß, eine spanische Austauschstudentin: Reibeisenstimme, die Haare auf einer Seite abrasiert und ab zehn Uhr abends auf Sternburg und Hanf. Sie verbrachte die Nächte damit, mit Freunden durch die Stadt zu ziehen, Bierflaschen auf der Straße zu zerdeppern und gegen zwei Uhr morgens bei uns zu Hause einzufallen, die Küche in ein Schlachtfeld zu verwandeln und schließlich einen ihrer Kollegen dazubehalten, um mit ihm laut bellend zu koitieren.

Wenn ich am nächsten Tag nachmittags nach Hause kam, traf ich meistens Luz an, die mit Alvaro, Jorge oder Javier in der Küche saß und laut »rathatha-rathatha« brüllte, bevor sie zur zweiten Runde in ihrem Zimmer verschwanden.

So sind sie, die Spanier, dachte ich. Die privatesten Dinge wie Trennungsstreit oder Stuhlgang erledigt der Spanier ganz ungezwungen und sehr laut auf dem Dorfplatz, Esel und Bauern paaren sich mit viel Gequieke unter den Orangenbäumen. Das ist da unten normal, und da soll man ihnen auch nicht unsere mitteleuropäischen Wertmaßstäbe so von oben so voll so aufzwingen.

Irgendwann zog Luz aus, auf sie folgte Sabine: ein schüchternes Mädchen vom Land, fleißig, lieb und still, mit Fernbeziehung zu einem etwas prolligen Glasergesellen aus ihrer Heimat, der regelmäßig mit seinem Ford Fiesta übers Wochenende zu Besuch kam. Sabine war das Gegenteil von

Luz, denn sie setzte alles daran, den Eindruck zu machen, als hätte sie nie Sex. Ihr Freund war da weniger schamhaft. »Ich führe eine Fernbeziehung, bin ich jetzt ein Sextourist?«, hätte der Satz lauten müssen, der auf seinem T-Shirt stand. Stattdessen stand dort: »Schicken ist fön. Sumsen ist buper.« Ein wahrer Schöngeist.

Ihre Methode war es, die Tür zu verrammeln und den Fernseher laut zu stellen. Dies hatte jedoch den gegenteiligen Effekt. Wie oft bin ich über den Gang gelaufen und habe gedacht: »Ach, Sabine und ihr Freund haben wieder den Fernseher so laut aufgedreht. Dann sind se wohl grad am Bumsen.«

Wie furchtbar! Man will ineinander versinken, will die Restwelt aussperren und nur noch einen Menschen an und um sich haben, aber im Hintergrund streiten sich von Mittelschichtlern gespielte Unterschichtler bei Barbara Salesch.

Ein Kurzhörspiel:

Zeuge: »Na ja, und da war dis so, dass er gesagt hat, er geht da jetz rein und haut dem Typen auf Maul, und da hat er Brecheisen genomm'…«

Angeklagter: »Der lügt doch, Alta! Frau Richta, der lügt, dit stümpt nisch.«

Sabine: »Hhhh!«

Zeuge: »Normal stimmt dis, du Hurensohn.«

Angeklagter: »Halt's Maul, du Fitschi. Oder willste ooch 'n paar?«

Glasergeselle: *(grunzt)*

Sabine: »Ffff…«

Barbara Salesch: »Sie sind still, sonst kriegen Sie ein Ordnungsgeld.«

Glasergeselle: »HMMOAAH!!!«

Sabine: »Pscht!«

Am liebsten wäre ich ins Zimmer gebrochen und hätte deklamiert:

»Menschen! Lasst diesen Unsinn. Macht Lärm, denn alle anderen sollen grün werden vor Neid: Ihr habt Sex, die nicht. Freut euch, dass ihr ins Bett gehen könnt, mit wem ihr wollt. Für diese Errungenschaft hat die Generation unserer Eltern unzählige Flugblätter schreiben, Teach-ins organisieren und nervtötende Diskussionen abhalten müssen. Und wie dankt ihr es ihnen? Indem ihr den Fernseher laut stellt. Na Servus!«

Oder ich hätte sie dezent darauf angesprochen:

»Sag mal, Sabine, ihr seht dauernd fern, wenn dein Freund zu Besuch ist. Und dann auch noch so laut. Also, nicht dass mich das stören würde, aber ich denke mir, wenn ich Besuch von meiner Freundin hätte, dann würde ich wohl die ganze Zeit Sex haben wollen. Ist denn da alles in Ordnung bei euch?«

Das tat ich aber nicht, weil ich mir sicher war, dass sie dann vor Scham im Boden versinken oder im schlimmsten Fall fürderhin zum Geschlechtsverkehr mit dem Ford Fiesta in den Wald fahren würde, was ich ihr nicht antun wollte.

Auf Sabine folgte Rike: Anfang zwanzig, Biermischgetränke, Kreuzbergernächtesindlang, viele wechselnde Sexualpartner, und danach legt noch ein Electro-DJ auf. Sie wusste wahrscheinlich selbst um die Lautstärke ihres Koitus, sodass sie mich immer bat, die Wohnung zu verlassen, wenn sie Besuch bekam, und so wartete ich an ein bis zwei Abenden in der Woche in einer nahegelegenen Kneipe darauf, dass Rike mir per SMS erlaubte, nach Hause zu kommen. Meistens schrieb sie dann einsilbige, aber eindeutige Nachrichten wie: »Puh!«, »Uff!« oder »Yippie-yay-yeah!«

Als Ausgleich dafür, dass ich ihr nicht zuhören konnte, erzählte sie mir immer en Detail, was vorgefallen war:

»Hör ma! Gestern Abend, ne: Der Frank war hier. Alter! Ich hab noch nie so einen riesigen Schwanz gesehen. Der saß auf meinem Bett, und unten aus seiner Shorts guckte seine Eichel raus. Die hing ihm fast am Knie.«

Fortan konnte ich Frank, wenn er mal tagsüber zu Besuch kam, nicht mehr in die Augen sehen, ohne grinsen zu müssen.

Drei Mitbewohnerinnen, drei Herangehensweisen. Zwölf Jahre WG-Erfahrung haben mich folgende sieben Regeln als vernünftig ansehen lassen:

1. Schämt euch nicht: Nehmt Menschen mit nach Hause, wenn sie euch gefallen.
2. Schämt euch nicht: Schmeißt die Menschen wieder raus, wenn sie euch nicht mehr gefallen.
3. Macht dabei den Fernseher aus, auch die Musik. Höchstens ganz leise Motörhead oder Slayer.
4. Verheimlicht nichts: Wenn ihr dabei seid und eure Mitbewohner klopfen an der Tür, ruft: »Herein!« *Ihr* wisst ja schon, was gleich passieren wird. Da wollen wir doch mal sehen, wem die Sache peinlicher ist.
5. Sex ist etwas Animalisches. Seid also ruhig auch mal laut. Ausnahme:
6. Grunzt nicht wie ein Eber. Nehmt Rücksicht auf die Nachtruhe eurer Mitbewohner. Seid nicht laut nach null Uhr.
7. Aber am wichtigsten: Schlaft nicht mit Freunden oder Verwandten eurer Mitbewohner. Da können ganz schlimme Sachen bei herauskommen. Glaubt mir, ich weiß, wovon ich spreche.

Ach ja: Einen männlichen Zwischenmieter hatte ich auch mal kurz. Auch ihn konnte ich hören, allerdings beim Pornokonsum. Als er auszog, gab ich ihm nicht die Hand.

Weddinghaus

Zu meinen Gewohnheiten gehört es, über meinen Tellerrand zu schauen. Ich bin ein Mensch mit einem außergewöhnlich weiten Horizont, breiten Interessengebieten und einem großen Arsenal weiser Sprüche. Mir kann keiner. Fremde Kulturen interessieren mich besonders, und so versuche ich, in regelmäßigen Abständen einen Ort auf der Welt aufzusuchen, an dem ich noch nie gewesen bin. Neulich war ich im Wedding. Mein Freund Hannes ist der günstigen Mietpreise wegen dorthin gezogen, und da ich keiner dieser bornierten, heimatfixierten bürgerlichen Scheuklappenträger bin, verlasse ich die bequeme Heimeligkeit innerhalb des Berliner S-Bahn-Rings und sehe, was die Welt so zu bieten hat.

Als ich eines Tages bei Hannes klingelte, stand die Tür der benachbarten Einzimmerwohnung offen. Hat der Penner wieder vergessen abzuschließen, dachte ich. Doch als eine Stunde später ein Gerichtsvollzieher in Begleitung zweier Polizisten bei Hannes klingelte und sich erkundigte, wo sein Nachbar sei, da wusste Hannes schon Bescheid:

»Der kommt nicht wieder«, sagte er. »Das war eh nur eine Frage der Zeit. Der kriegt schon seit Wochen Inkassobescheide und Gerichtspost. Hat auch seit Ewigkeiten seinen Briefkasten nicht mehr geleert. Seine Post liegt überall im Hausflur rum.«

Als der Gerichtsvollzieher weg war, warfen wir einen Blick in die immer noch offen stehende Wohnung. Ein Bett, ein

Kleiderschrank, leere Bierdosen, ein fleckiger Teppichboden, der sich an den Ecken ablöste, überall Brandlöcher. Vom Nachbarn selbst war nicht viel übriggeblieben, nur seine Jacke hing noch überm Stuhl.

»Hartz IV klassisch-rustikal«, sagte Hannes.

Die Chance bekomme ich nicht noch einmal, dachte ich, witterte ein Geschäft, mietete die Wohnung für 200 Euro kalt an und setzte eine Anzeige in den Reiseteil einer großen deutschen Tageszeitung:

»Wollen Sie Berlin erleben, wie Sie es sonst nie erleben würden? Leben Sie wie ein Berliner Unterschichtler. Authentisch eingerichtete Einzimmerwohnung für 1 bis 10 Personen in Berlin-Wedding. 500 € pro Woche. Für diese Saison sind noch Plätze frei.«

Es gibt Leute, die zahlen viel Geld, damit sie im Urlaub um halb sechs aufstehen und Kühe melken müssen. Pensionierte Deutschlehrer fahren mit Postschiffen von Oslo ans Nordkap und freuen sich über eine authentische Erfahrung, wenn sie dabei ordentlich durchgeschüttelt werden. Da wird sich für meinen Nischentourismus auch noch ein Dummer finden. Und tatsächlich: Nach zwei Tagen meldete sich ein Ehepaar. Ursprünglich wollten sie mit dem Kamel von Kairo zum Victoriasee, der Reisetermin fiel aber unglücklicherweise mit dem monatlichen Putschversuch in einem der Nilstaaten zusammen. Jetzt wurden sämtliche wehrfähigen Männer eingezogen und mussten vor dem örtlichen Präsidentenpalast aufeinander schießen, sodass die Reiseleiter kurzfristig absagen mussten. Nun hätte sich das Ehepaar dazu entschlossen, nach Berlin zu kommen. Ob ich in zwei Wochen noch Plätze frei hätte, sie wollten 14 Tage bleiben.

Pünktlich zwei Wochen später standen Jürgen und Brigitte vor meiner Wohnungstür. Sie waren beide Ende dreißig. Shiatsu, Biodinkel und Afterworkparty sprachen aus ihren Gesichtern.

Ich schloss ihnen die Wohnung auf.

»Das wird für zwei Wochen euer Zuhause sein.«

In Jürgens Augen sah ich Erstaunen über so viel Authentizität.

»Das ist hier alles Original. Keine Imitate, keine Fakes, alles so, wie es wirklich ist. Alle Sachen hier sind noch von eurem Vormieter. Der musste dann schnell weg und hatte keine Zeit mehr, hier irgendwas aufzuräumen. So echt wie hier, das findet ihr in Berlin kein zweites Mal.«

»Riecht aber schon ziemlich muffig hier«, sagte Brigitte.

»Euer Vormieter war Kettenraucher. Am besten, ihr gewöhnt euch auch das Rauchen an, dann merkt man den Gestank hier gar nicht mehr. Am U-Bahnhof Leopoldplatz steht immer ein Vietnamese und verkauft billige chinesische Zigaretten. Wenn der mal nicht da ist, fragt einfach die vietnamesische Blumenverkäuferin, die da auch immer rumsteht. Die gehören zusammen.«

Brigitte kniff die Augenbrauen zusammen und zog die Oberlippe hoch.

»Da im Kleiderschrank sind noch ein paar Klamotten. Die werden euch sicher gefallen. Richtet euch erst mal ein, ich komme dann heute Abend noch mal wieder, und wir besprechen das Wichtigste.«

»Alles klar, dann bis dann«, sagte Jürgen, und Brigitte schaute böse.

Am Abend kam ich mit einer Plastiktüte vom Spätverkauf wieder. Jürgen öffnete mir. Er trug eine blaue verschlissene Latzhose und darunter ein fleckiges Holzfällerhemd. Brigitte steckte in zu großen zerrissenen Jeans und trug darüber ein T-Shirt, das ihr bis zu den Knien ging und auf dem »Washington Red Socks« stand.

»So, dann wollen wir erst mal ordentlich was wegschlucken«, sagte ich und holte drei Flaschen Sternburg Export und eine Flasche Zaranoff-Wodka aus der Plastiktüte.

»Entschuldigen Sie«, sagte Brigitte, »aber ich trinke sonst eigentlich kein Bier. Nur Beck's.«

»Also, passt mal auf«, sagte ich. »Erstens sind wir hier per du. Ihr nennt mich bitte Alter, Keule, du Sack oder einfach ›Äy!‹. Zweitens: Es wird Sternburg getrunken. Ihr könnt euch euer Yuppiebier hier nicht mehr leisten. Drittens: Latte macchiato, Sushi und Sonntagsbrunch könnt ihr vergessen. Hier gibt's zwar ein paar Läden, die das anbieten, aber wenn ich euch einmal da drin sehe, ist euer Urlaub vorbei. Hamwa uns verstanden?«

Jürgen und Brigitte nickten gehorsam.

»Denn is ja jut. Und wenn ihr hier nich' auffallen wollt, dann gewöhnt euch an die Mundart. Ich mach euch das mal vor: Also, Stimme möglichst tief und möglichst rau. Und bloß nich' flüstern, klar? Sprecht mir mal nach: Hastn Problem oda wat?«

»Hastn Problem oder was«, flötete Jürgen.

»Oda wat«, korrigierte ich.

»Oda wat«, wiederholte Jürgen.

»Im ganzen Satz: Hastn Problem oda wat?«

»Hastn Problem oda wat?«, sagte Jürgen.

»Gut«, lobte ich ihn. »Das hätte ein bisschen tiefer und ein bisschen rauer kommen dürfen, aber das kommt dann alles mit dem Suff.«

Ich brachte ihnen noch andere wichtige Redewendungen bei: »Haste ma fuffzich Cent«, »Kleine Spende vielleicht« und natürlich »Schwaben raus!«. Wir tranken jeder zwei Sternburg und brachen die Wodkaflasche an. Brigitte wollte immer wieder aussetzen, wurde aber von Jürgen ermutigt weiterzutrinken. Als sie das erste Mal kotzen war, verabschiedete ich mich.

Am nächsten Morgen stand ich Punkt neun vor der Wohnungstür und klingelte. Nach dem dritten Klingeln hörte ich Jürgens Stimme:

»Verpiss dich, Mann! Ich hab 'n riesen Kater.«

»Na, das klingt doch schon ganz gut«, rief ich ihm durch die Tür zu und klingelte weiter. Nach zehn Minuten hatte ich sie so weit, dass sie die Tür öffneten.

»Was passiert denn jetzt?«, fragte Jürgen.

»Jetzt wird Geld verdient.«

»Können wir nicht erst mal was frühstücken?«

»Klar«, sagte ich und zog drei Flaschen Sternburg aus meiner Plastiktüte. »Die drei spendier ich euch nochmal. Die Zigaretten dazu müsst ihr aber selbst verdienen.«

Wir kamen am U-Bahnhof Leopoldplatz an.

»Das Prinzip ist einfach«, erklärte ich. »Ihr fragt die ankommenden Fahrgäste, ob sie einen Fahrschein zu verschenken haben. Wenn ihr einen bekommt, könnt ihr ihn weiterverkaufen. Wir üben das mal. Sprich mir nach: Fahrschein, den Sie nich' mehr brauchen?«

Jürgen sprach nach: »Fahrschein, den Sie nicht mehr brauchen?«

»Ein bisschen mehr im Jammerton«, meinte ich.

Jürgen wiederholte.

»Ich muss nochmal kotzen«, sagte Brigitte.

Nach einer Viertelstunde hatten Jürgen und Brigitte schon drei alte Tickets. Da tauchte ein vollbärtiger Mann in einer dreckigen Allwetterjacke auf:

»Ey, watn isn dit hier? Dit is meine Stelle. Ick vakoof hier die Tickets.«

»Tja, Alta«, entgegnete ich. »Der Markt is heiß umkämpft. Darf ick dir vorstelln: Jürgen und Brigitte aus Wiesbaden.«

»Auch noch ausm Westen, wa?«

Jürgen konterte schlagfertig: »Hastn Problem oda wat?«

»Na, denn mal viel Erfolg«, rief ich Jürgen und Brigitte noch zu und machte mich aus dem Staub.

Von nun an sah ich nur alle zwei oder drei Tage nach ihnen. Nach einer Woche traf ich die beiden mittags auf dem Leopoldplatz. Ich grüßte höflich:

»Ey, ihr Penner. Habt ihr nüscht zu arbeiten?«

Brigitte kannte die richtige Antwort: »Verzieh dich, du Yuppie-Arschloch.«

»Respekt!«, antwortete ich.

»Wir vakoofen keene Tickets mehr«, sagte Jürgen, der plötzlich berlinerte. »Wir ham wat viel Besseres. Wir laufen über die Straßenfeste, sammeln die Pfandbecher ein und geben die zurück. Bei euch is ja dauernd ürngdwo 'n Straßenfest. Hier hat wohl keener wat zu arbeiten in Berlin.«

»So sieht's aus«, gab ich zurück. »Deswegen ist die Stadt in der Welt ja so beliebt.«

»Jenau«, keifte Brigitte. »Allet voll mit Ausländer hier. Ick bin ja froh, wenn hier eener noch ma Deutsch mit mir redet. Schlitzis, Fidschis und Amis in Badelatschen.«

Ich war tief beeindruckt von der Anpassungsfähigkeit dieses hessischen Ehepaares. Damit hatte ich nicht gerechnet. Auch im privaten Bereich glichen sie sich ihrem Umfeld an: Hannes berichtete, er höre die beiden fast jede zweite Nacht lauthals streiten. Einmal soll es so einen gewaltigen Schlag gegeben haben, dass Hannes befürchtete, Jürgen habe Brigitte mit dem Kleiderschrank erschlagen.

Am Tag ihrer Abreise klingelte ich um zehn bei ihnen. Anscheinend waren sie schon wach und waren wieder in einen lauten Streit vertieft.

»Verpiss dich!«, schrie Jürgen durch die geschlossene Tür.

Ich klingelte nochmal und rief: »Abreise! Auschecken!«

Die Tür wurde aufgerissen.

»Was?«

»Heute ist Abreise. Die zwei Wochen sind um.«

»Ick weiß nich', wovon du quatschst, Alta«, brummte Jürgen. Hinter ihm lief die heulende Brigitte ins Bad und hielt sich ihre blutende Nase.

»Urlaub vorbei, Kollege. Abreise oder noch eine Woche zahlen.«

»Verklag mich doch, Arschloch«, sagte er und warf die Tür zu.

Was war nun zu tun? Ich schrieb eine Mahnung und klebte sie ihnen an die Wohnungstür. Ich bekam keine Reaktion.

In den folgenden Wochen versuchte ich immer wieder, meiner zahlungssäumigen Mieter habhaft zu werden, aber immer wenn ich sie auf dem Leopoldplatz stehen sah und mich ihnen näherte, riefen sie ihren Kollegen zu »Scheiße, da kommt unser Vermieter« und machten sich aus dem Staub.

Nach zwei Wochen legte ich mich hinter Hannes' Wohnungstür auf die Lauer und passte sie ab:

»Ihr habt seit drei Wochen keine Miete mehr bezahlt.«

»Ach halt doch die Fresse!«, antwortete Jürgen.

»Passt mal auf«, entgegnete ich. »Entweder ihr bezahlt bis Sonntagabend acht Uhr euren Mietrückstand, oder ich lass euch pfänden. Ist das klar?«

»Willst du 'n paar aufs Maul, du Penner?«

Schnell schloss ich die Tür hinter mir aus Angst vor einer Messerattacke. Ich schrieb noch eine Mahnung und steckte sie ihnen nachts in den Briefkasten. Als ich Sonntag früh vor Hannes' Wohnung stand, stand die Wohnungstür der Einzimmerwohnung offen, und meine Mieter waren verschwunden. Nur Jürgens Jacke hing noch überm Stuhl.

Zwei Zimmer, Küche, Bitchfight

prosae personae:
Manuel – 23, Student
Dora – 27, angestellt
Kristina – 22, Junior Assistant to the Assistant to the Bereichsleiter

Erster Tag

Manuel, 23:51 Uhr:

Ach, gut gegessen und endlich mal wieder einen Abend mit Laura verbracht. Man hat sich ja schon so einiges zu erzählen, wenn man sich eine ganze Woche nicht gesehen hat. Sie hat sich alles angehört, was ich über Kristina zu sagen hatte, und war kein einziges Mal anderer Meinung als ich. Mit anderen kann ich das nicht so gut, die fragen dann gleich immer »Wie meinstn das?« oder »Findest du das okay, sie so zu behandeln?« oder auch »Ihr seid doch gar nicht richtig zusammen, warum macht ihr denn so ein Theater?«.

Die verstehen mich halt nicht. Laura hat nicht einmal Widerworte gegeben. Ich habe gesagt: »Mit Kristina ist es wieder schwierig«, und sie hat geantwortet: »Ach, was war denn? Erzähl mal, ich kann dich jetzt schon verstehen.«

Sie ist halt eine echte Freundin. Außerdem kann sie echt gut kochen. Und kommt dafür auch noch hierher. Ich kann ja nur so Spiegelei und Tiefkühlpizza, und wenn ich Gemüse schnippeln soll, schneide ich mir meistens in den Finger.

Jetzt gibt's noch einen Schnaps, und dann ist Feierabend. Sie braucht ja auch fast eine Stunde bis nach Hause.

Dora, 1:03 Uhr:

Na toll. Hat er wieder eine Orgie in der Küche gefeiert und den ganzen Kram einfach so stehen lassen. Na gut, kann man abends auch mal machen. Habe ich ja auch schon mal gemacht. Ich habe dann zwar wenigstens die verderblichen Sachen wie Gemüseabfälle oder Salatreste entsorgt, aber bitte! Wenn morgen hier die Fruchtfliegen summen, gehören sie alle ihm. Viel Spaß!

Zweiter Tag

Dora, 8:15 Uhr:

Typischer Fall: Er schläft noch, aber sein Kram von gestern steht hier noch herum. Na ja, ich will mal nicht so sein. Bis heute Abend hat er das bestimmt weggemacht. Denk ich mal. Will ich mal hoffen. Für ihn. Ich jedenfalls muss jetzt auf Arbeit.

Manuel, 10:58 Uhr:

Mein Gott, immer diese Hetzerei morgens. Rasieren, duschen, Haare waschen, föhnen, und wie, bitte schön, soll ich in der Küche frühstücken, wenn hier immer noch der Kram von gestern herumsteht? Wie soll man denn da pünktlich um zwölf in der Uni sein? Es wird auch alles immer mehr. Vielleicht ist das dieses »Erwachsenwerden«, von dem alle immer reden. Also, ich mach ja wirklich viel Scheiß mit, aber auch nicht jeden.

Dora, 18:23 Uhr:

Ich komme von der Arbeit nach Hause, und das ganze dreckige Geschirr steht noch genauso unverändert da wie heute Morgen, aber Manuel ist nicht da. Na, was für eine Überraschung! Das nimmt in letzter Zeit überhand. Dabei habe ich ihm bei seinem Einzug klar und deutlich das System erklärt, nach dem das hier läuft. Das ist für alle Mitbewohner gleich. Es ist ja nicht so, dass ich verlange, dass jeder sein Geschirr sofort nach Benutzung reinigt. Nein, nein. Man darf nach einem netten Beisammensein ja durchaus auch mal die Sachen stehen lassen und ins Bett gehen. Ich bin da ja wirklich kein Korinthenkacker oder Erbsenzähler. Mein System beruht eher auf Gemeinsinn und gesundem Menschenverstand. Ein Teil Besteck zählt einen Punkt, ein Glas, eine Tasse oder ein kleiner Teller zwei, ein großer Teller drei und ein Topf, eine Schüssel oder eine Pfanne fünf. Die Regel lautet: Das Ergebnis aus 100 minus Geschirrpunktzahl geteilt durch vier ergibt die maximale Herumstehzeit in Stunden. Ein einzelner kleiner Teller darf also

$$\frac{100-2}{4} = 24{,}5 \text{ Stunden}$$

herumstehen, während man die Reste eines größeren Gelages tunlichst am nächsten Morgen zu beseitigen hat.

Manuel hat Folgendes benutzt: zwei Teller, sechs Teile Besteck (acht mit dem Kochbesteck), zwei Töpfe, eine Pfanne, vier Gläser. Das sind 32 Punkte, und das ist freundlich gerechnet, denn ich könnte das Kochbesteck auch mit je zwei Punkten berechnen und dazu die Sauerei, die er auf dem Küchentisch und auf der Arbeitsfläche gemacht hat. Aber ich bin ja an einem entspannten und zwanglosen Zusammenwohnen interessiert, und da sollte man auch mal ein Auge zudrücken. Mach ich jetzt mal. Aus Kollegialität. Jedenfalls ergibt sich bei ihm:

100 – 32 = 68
so folgt:
68 : 4 = 17 Stunden

Maßgeblich für den Beginn dieser Zeitspanne ist das Verlassen der Küche. Ich war gestern Nacht um eins zu Hause und er schon im Bett. Ich rechne wieder mal freundlich und nehme an, dass er die Küche um halb eins verlassen hat. Damit hätte er bis heute Abend halb sechs Uhr Zeit gehabt, seine Sachen zu beseitigen. Jetzt ist es 18:23 Uhr. Ich finde das unkollegial, ignorant und hinterhältig. Es ist ja nicht so, als würde ich hier militärischen Drill fordern. Ich bin ja grundsätzlich eher ein lockerer Mensch. Aber wenn er sich nicht mal an die einfachsten Grundregeln des Zusammenwohnens hält, die ja sämtlich auf allgemein akzeptierten Auffassungen über menschliches Miteinander und gegenseitigem Vertrauen basieren, dann wird jedes Bemühen um Harmonie zur Farce. Wie soll ich mich denn in Zukunft auf ihn verlassen können? Als Nächstes fängt er an, seinen zweimonatlichen Fensterputzdienst auszulassen, und irgendwann – ich seh's schon kommen! – irgendwann scheißt er in die Kloschüssel und weigert sich zu spülen.

Aber es ist ja auch kein Wunder. Er hat sein Leben lang alles vor den Arsch getragen bekommen, Vater Jurist, Mutter Ärztin, Putzfrauen zu Hause, keine Geschwister, aber ein Haus auf Ibiza. Bis heute hat dieser Typ nicht ein Mal richtig gearbeitet. So was passiert halt, wenn man die Wehrpflicht abschafft. Die Miete überweist mir sein Vater, und jedes Mal steht da bei Verwendungszweck: »Miete von Manuel. Ich hoffe, Sie werden sich gut verstehen.« Vielleicht sollte ich seinem Vater mal einen Cent überweisen und als Verwendungszweck draufschreiben: »Ich verstehe mich ganz gut und Manuel sich auch.«

Ich gebe ihm Zeit bis morgen Mittag. Aus lauter Toleranz. Aber in dieser Zeit sollte er mir besser nicht unter die Augen treten.

Außerdem habe ich ihn im Verdacht, dass er heimlich mein Salz benutzt. Die faule Sau!

Manuel, 21:35 Uhr:

Warum steht denn mein Geschirr von gestern noch in der Küche? Dora hätte doch wirklich genug Zeit gehabt, das mal wegzuräumen. Die kommt doch jeden Tag gegen halb fünf von der Arbeit, ist also viel früher zu Hause als ich, wenn ich wie heute nach der Uni noch einen trinken gehe.

Wahrscheinlich will sie mich testen, ob ich mich auch an ihr Punktesystem halte, und hat es aus Trotz einfach stehen lassen. Dieses System habe ich aber noch nie verstanden, und mit Trotz erreicht man bei mir gerade gar nichts, das sollte sie langsam wissen. Trotz, das ist doch Kindergarten! Das ist für Leute, die nicht miteinander reden können. Und deshalb lasse ich das jetzt stehen. Wenn man von mir was will und dann auch noch so hintenrum, ohne was zu sagen, dann erreicht man bei mir nur das Gegenteil. So!

Sie stellt sich das auch immer so einfach vor, aber für mich ist es das nicht. Was das für eine Umstellung war, als ich lernen musste, mein Zimmer selbst zu saugen und meine Klamotten selbst zu waschen, das kann sie sich gar nicht vorstellen. So einfach wie sie hätte ich es auch gern gehabt: Vater Arbeiter, Mutter kleine Angestellte, Zimmer mit Geschwistern geteilt, nie eine Putzfrau oder sonstiges Personal. Sie musste schon als Kind im Haushalt mithelfen. Dass sie dann in einer Wohngemeinschaft besser zurechtkommt, ist ja wohl klar. Ich musste mir das alles erst mühsam erarbeiten. Mir hat nie jemand gezeigt, wie man bügelt oder einen Tisch abwischt, aber sie hat das ja alles vor den Arsch getragen bekommen. Sie war bei der Bundeswehr. Freiwillig! Als Frau! Für ein ganzes Jahr! Ich dagegen war nach dem Abitur für zehn Monate mit dem Rucksack in Südostasien. Da war nix mit Hausarbeit und Teller spülen. Da wäre aber was los gewesen, wenn ich im Strandhotel einfach in die Küche gelatscht wäre und abgewaschen hätte. Aber sie stellt sich hin und verlangt von der ganzen Welt, die gleichen Erfahrungen gemacht zu haben wie sie. Ich finde das arrogant. Ich finde, ich habe auch ein bisschen Rücksichtnahme auf meine soziale Herkunft verdient.

Außerdem habe ich auch wirklich andere Sachen im Kopf. Ich studiere noch, das hat sie wohl vergessen. Und studieren heißt: eigenverantwortliche Arbeit, seine Zeit richtig einteilen, Dinge rechtzeitig erledigen, gut dastehen. Und dann noch so eine Sache wie mit Kristina, wo man nie weiß, ob das jetzt eine richtige Beziehung ist oder nicht, das geht auch nicht spurlos an mir vorbei. Aber Dora denkt mal wieder nur an ihren eigenen Vorteil und ihre saubere Küche. Mein Gott, dieses Trampelweib ist dermaßen unsensibel! Manchmal würde ich wirklich gern wissen, was in ihrem Kopf vorgeht.

Dora, 23:00 Uhr:

Ich mach ihn kalt! Ich bring ihn um! Ich scheiße ihm einen riesigen Haufen vor die Zimmertür und zünde ihn an! Seit anderthalb Stunden ist er zu Hause und tut nichts, hängt in seinem Zimmer herum und lässt seinen Dreck in der Küche vor sich hin schimmeln. Ich zwinge ihn mit der Peitsche zum Spülen. Ich kündige ihm. Ich überweise seinem Vater einen Cent und schreibe als Verwendungszweck:

»Ihr Sohn ist ein mieser kleiner Spülverweigerer und Schmarotzer!«

Weiß er überhaupt noch, dass das sein Geschirr ist, da in der Küche? Was muss in einem Menschen vorgehen, um dermaßen den Bezug zur Realität verloren zu haben? Und dann lässt er auch noch sein Frühstücksgeschirr da stehen, eine Müslischüssel, eine Kaffeetasse, ein großer und ein kleiner Löffel. Das sind nochmal sechs Punkte. Wir nähern uns der magischen 40. Ich bin ja wirklich ein toleranter Mensch, aber bei fast vierzig Punkten und zwei Nächten, da wäre sogar Mahatma Gandhi ausgerastet.

Dritter Tag

Manuel, 18:52 Uhr:

Was ist denn das da für Geschirr in der Küche? Hat sie das immer noch nicht weggeräumt? Also, langsam wird es mir wirklich zu blöd. Ich finde, das Geschirr steht jetzt schon so lange hier, da bin ich nicht mehr für verantwortlich. Sie sollte doch eigentlich auch ein Interesse daran haben, dass hier die Teller nicht schimmeln. Manchmal muss ich mich wirklich fragen, wie sie sich unser Zusammenwohnen vorstellt. Soll ich hier für alles alleine verantwortlich sein? Außerdem kann ich jetzt sowieso nicht mehr spülen, weil Kristina gleich kommt, und da will ich ja nicht nach Spülmittel stinken.

Jetzt liegt hier auch noch ein Zettel auf meiner Türschwelle:

»Manuel, wie lange soll denn dein dreckiges Geschirr noch in der Küche herumstehen? Ich habe keine Lust, dauernd deinen Dreck wegzumachen. Gewöhn dich mal dran, dass du für dich selbst verantwortlich bist und dir niemand hinterherräumt. D.«

Jetzt hat sie den Verstand verloren. *Mein* dreckiges Geschirr? Sie hat es doch genauso da stehen lassen wie ich, und das schon seit drei Tagen! Wie man die Wahrheit so verdrehen kann! Wie soll man mit einem Menschen kommunizieren, der offensichtlich jeden Bezug zur Realität verloren hat?

Aber was will man erwarten: Das ist eben die mangelnde Fähigkeit dieser emotional minderbemittelten Menschen, sich in andere hineinzuversetzen. Das ist bei ihr ganz ausgeprägt. Bei Kristina auch, aber die sieht ja wenigstens noch gut aus dabei. Laura dagegen ist einer der empathischsten Menschen, die ich kenne. Die weiß schon, dass ich recht habe, bevor ich ihr überhaupt erzählt habe, womit. Aber so was wird Dora nie können. Nie.

Vierter Tag

Dora, 7:52 Uhr:

Na, Gott sei Dank! Hat er es endlich eingesehen! Die Küche ist wieder einigermaßen hergestellt, obwohl ich hier und da doch die eine oder andere Nachlässigkeit entdeckt habe, aber darüber will ich jetzt mal hinwegsehen.

Aber meine Taktik ist aufgegangen: Wenn man Probleme anspricht, deutlich, aber ohne Groll, sehen die meisten Menschen ihre Fehler auch ein. Gerade bei Menschen, die wie Manuel ein leichtes zwischenmenschliches Problem haben, muss man da etwas behutsamer vorgehen und macht das am besten schriftlich. Freundlich im Ton, hart in der Sache.

Ich bin jedenfalls froh, dass das aus der Welt geräumt ist. Und beim nächsten Mal mache ich das ein bisschen früher, direkt nach Ablauf der maximalen Herumstehzeit, damit sich da keine Aggressionen aufbauen. Die Regel mit der

Herumstehzeit gibt es ja auch nicht umsonst. Sollte Manuel auch einsehen. Ist ja auch nicht zu viel verlangt. Dient ja der Verständigung.

Manuel, 10:32 Uhr:

Kristina ist seltsam. Erst will sie unbedingt hierbleiben, obwohl ich gesagt habe, dass es mir lieber wäre, wenn sie zu Hause schläft, und dann macht sie sich aus dem Staub, bevor ich überhaupt wach bin. Vielleicht war sie ein bisschen eingeschnappt. Ich bin aber nach dem Sex eben gern für mich. Das ist auch ein sehr privater Moment, und das muss sie auch mal einsehen, dass ich auch mal Zeit für mich brauche. Außerdem wollte ich sie nicht verletzen, deshalb habe ich gleich nach dem Sex gesagt, dass sie doch bitte gehen soll. Ich will ihr da ja keine falschen Hoffnungen machen. Ich finde das nur fair. Wenn sie dann doch bleibt… na gut, das ist dann ihr Ding.

Hey, die Küche ist ja wieder blitzblank. Wie Kristinas Muschi. Hihi! Hat Dora es endlich eingesehen. Ha! Ich habe gewonnen. Hab ich's doch gewusst: Wenn man die Sachen lange genug liegen lässt, dann lösen sie sich irgendwann von alleine. Ich bin mit dieser Taktik jedenfalls immer gut gefahren. Ein gutes Pferd springt nicht höher, als es muss. Und ich bin ein gutes Pferd. Ein verdammt gutes Pferd.

Kristina, 10:46 Uhr:

Was für ein Würstchen! Wenn er mir das nächste Mal sagt, dass er lieber alleine schläft, dann gehe ich wirklich. Das mache ich nicht nochmal. Warum demütige ich mich eigentlich selbst und schlafe erst mit und dann neben jemandem, der eigentlich keinen Bock auf mich hat? Und dann noch diese furchtbare Schnarcherei. Um fünf Uhr früh bin ich aufgestanden, weil ich schon seit vier wachgelegen habe, aber wenn der erst mal schläft, kann ihn kein Tritt der Welt aus seiner selbstgerechten Traumwelt holen. Und ich blöde Kuh wasche ihm auch noch aus lauter Langeweile das benutzte Geschirr in der Küche ab, das da wahrscheinlich schon seit vier Tagen vor sich hin schimmelt, weil ich mir nicht sicher war, ob um diese Zeit schon eine U-Bahn fährt. Wie kann man überhaupt so wohnen? Immer wenn ich komme, steht der Dreck da herum. Dass da seine Mitbewohnerin nicht mal was sagt! Wahrscheinlich hat er da für seine »beste Freundin« Laura gekocht, diese bleiche, rückgratlose Tussi. Aber mir bietet er nicht mal eine Leberwurstklappstulle an. Vögeln geht, aber zum Essen soll ich bitte schön woanders hingehen. Ich mach da nicht länger mit. Mach deinen Mist in Zukunft alleine.

Arschloch.

Und dafür hab ich mir die Muschi rasiert!

Angaschmang

Das Hauptgebäude der Universität sah aus, als hätte man ein fürstliches Schloss entkernt und ein Katasteramt hineingefüllt. Von außen erschien es zwar nicht prachtvoll, aber mächtig. Der H-förmige Grundriss bildete zwei Höfe, begrünt und angenehm zum Sitzen. Hier lässt es sich gut studieren, war der erste Gedanke. Innen machten jedoch kaltes Neonlicht und geschliffener Betonstein eher Lust auf schnelles Nach-Hause-Kommen. Die Farbe blätterte, und es roch nach Linoleum.

Nur das Foyer war mit falschem Marmor ausgekleidet. An der Stirnseite war ein Zitat eines berühmten einheimischen Denkers angebracht: »Wer glaubt, die Feigen würden gleichzeitig mit den Rosen blühen, versteht nichts von der Landwirtschaft.«

In dem umständlich strukturierten Vorlesungsverzeichnis hatte ich mir unter der Handvoll Kurse, die auf Englisch angeboten wurden, ein paar herausgesucht, die mir interessant schienen, und so stand am ersten Tag eine Einführungsvorlesung zur Landesgeschichte in meinem Stundenplan. Nachdem ich erst eine Viertelstunde durch das Gebäude laufen musste, bevor ich das eigenwillige Nummerierungssystem der Räume verstand, fand ich den Hörsaal verschlossen. Außer mir tauchte auch niemand dort auf. Anscheinend war ich der einzige Idiot, der geglaubt hatte, die Vorlesung fände tatsächlich statt.

Im Sekretariat des Instituts sagte man mir, man wisse auch nicht so genau, wann die Veranstaltung beginne, das würde jeder Dozent anders halten. Man solle einfach jede Woche zum angekündigten Termin hingehen oder am besten jeden Tag, denn vielleicht würde die Veranstaltung auch verschoben werden. Das würde dann meistens durch einen kleinen Aushang angekündigt werden, entweder am Hörsaal, am Büro des Lehrenden oder am Schwarzen Brett des Instituts. Vielleicht aber auch gar nicht. Oder im Internet. Auf meine Nachfrage, auf welcher Seite das denn angekündigt werde, hieß es, tja, da müsse ich mal googeln.

Wo ich denn das Büro dieses Herrn Zowynokh finde, fragte ich. Zowynokh? Ach, den würde ich meinen. Dann könne ich die Vorlesung sowieso vergessen, der Dozent sei schon seit zwei Semestern verstorben. Warum denn dann noch seine Veranstaltungen im Vorlesungsverzeichnis stünden, fragte ich. Ja, mein Gott, das sei nun mal so, sein Vertrag wäre noch zwei Jahre gelaufen, und wenn das einmal im Computersystem drin sei, bekäme man das nur ganz schwer wieder raus. Der Mensch, der das damals eingerichtet hätte, ein Neffe der Sekretärin, sei leider ins Ausland verzogen, und hier wisse sonst niemand, wie das gehe. Außerdem wisse doch sowieso jeder am Institut, dass Zowynokh tot sei, denn das hätte man damals gar nicht übersehen können, so öffentlich sei das vonstattengegangen.

Ich verzichtete auf weitere Nachfragen und setzte mich schließlich in eine zwei Stunden später stattfindende Vorlesung mit dem Titel »Unsere Heimat und ihre traditionelle Bindung an die westliche Welt«. Dozent war ein gewisser Professor H. A. Winkhallah. Diesen Namen hatte ich vorher schon einmal gehört, und er war wahrscheinlich der bekannteste aller geisteswissenschaftlichen Professoren dieser Universität.

Die Vorlesung fand in einem maßlos überfüllten alten Hörsaal mit knarrenden Klappsitzreihen statt. An einer Seitenwand war auf drei Meter Höhe ein Sockel angebracht, darauf stand die Büste eines Gelehrten, der wohl einst an dieser Universität gewirkt haben musste. Den Namen konnte ich nicht erkennen, denn zwei der goldenen Buchstaben unter der Büste waren bereits abgefallen.

Pünktlich cum tempore erschien der Professor nicht. Dafür aber sein Assistent, der eine Folie auf den Overheadprojektor legte und ohne Begrüßung zu erläutern begann, welcher Student welche Prüfungsleistung erbringen musste, um welche Studienpunkte zu erreichen. Dies sei eine Wahlpflichtveranstaltung des Moduls 2 im Fach Europäische Geschichte beziehungsweise des Moduls 5.1 im Fach Internationale Beziehungen. Studenten ohne Zwischenabschluss könnten hier vier Punkte erwerben, wenn sie im Anschluss eine zweistündige Klausur bestünden. Für Studenten mit Zwischenabschluss gelte das Gleiche, nur dass die Klausur dann vierstündig sei. Dies seien die Bedingungen für Studenten mit dem Hauptfach Europäische Geschichte. Für Nebenfächler liege die Sache anders: Die müssten eine mündliche Prüfung von zwanzig Minuten ablegen, allerdings nur, sofern sie dies nicht schon im Anschluss an eine andere Vorlesung täten. In diesem Fall müssten sie ein Semester aussetzen oder aber eine fünfzehnseitige Hausarbeit schreiben. Er gebe nun eine fünfspaltige Liste herum, in die sich die prüfungsinteressierten Studenten mit Namen und Matrikelnummer je nach erforderlicher Prüfungsform in die entsprechende Spalte eintragen mögen.

Für Hauptfachstudenten im Fach Internationale Beziehungen sei es Bedingung, vor Teilnahme an dieser Vorlesung das Modul 4 vollständig absolviert zu haben. Wer hier noch keinen Zwischenabschluss habe, schreibe seinen Namen bitte in die dritte Spalte, alle anderen in die vierte.

Ansonsten gelten die üblichen Bedingungen: Prüfungsberechtigungsschein vor der Anmeldung besorgen, Multiple-Choice-Test nach zwei Wochen für die Grundstudenten (Termin wird noch bekanntgegeben), die drei Essays im Modul 5.2, man kenne das ja.

Ein Student meldete sich und sagte, er studiere im Hauptfach Internationale Beziehungen und im Nebenfach Europäische Geschichte, habe aber in letzterem den Zwischenabschluss noch nicht absolviert.

Man möge ihm doch bitte zuhören, sagte der Assistent, es sei doch wirklich nicht so schwer: In diesem Fall müsse der Student zuerst die Wirtschaftsgeographieklausur bestehen, könne die Prüfungsleistung schriftlich oder mündlich erbringen, Letzteres jedoch nur dann, wenn er sich nicht auch in Grundlagen der internationalen Handelspolitik prüfen lasse oder aber, wenn er noch nach alter Studienordnung studiere. Die sonst verpflichtende fünfzehnseitige Hausarbeit entfalle dann. Er schreibe dazu bitte Namen und Nummer sowohl in die dritte wie auch in die fünfte Spalte.

Für die Grundstudenten, die hier ihre allererste Prüfungsleistung erbringen wollten, sei außerdem die Teilnahme am begleitenden Tutorium Pflicht. Die Plätze dafür seien jedoch alle schon vergeben, weil die Fakultät zwei Tutorenstellen einsparen musste. Tja, darum hätte man sich früher bemühen müssen, es gehöre eben schon ein bisschen Disziplin dazu. Daraufhin verließen fünfzig Studenten den Saal.

Ob es jetzt noch Fragen gäbe, fragte der Assistent.

Ein Student wollte wissen, ob man dem Assistenten denn eine E-Mail schreiben könne, wenn man später noch weitere Fragen dieser Art habe.

Das sei ganz unmöglich, sagte der Assistent.

Sonst noch jemand?

Niemand meldete sich.

Gut, dann könne man ja ad hoc und stante pede in medias res gehen. Er öffnete eine Tapetentür in der Rückwand und heraustrat – im Historikerschick: Tweedjackett und Cordhose, in der Hand eine Untertasse, darauf eine Kaffeetasse balancierend – H.A. Winkhallah, großväterlich-wohlwollend lächelnd, stellte sich ans Rednerpult und begann: Ja, meine Damen und Herren, die Umwälzungen, die das napoleonische Zeitalter auch für unsere Region gebracht hat, das Ende teilweise jahrhundertealter Staats- und Gesellschaftsformen, sollten uns zwar nicht als Nullpunkt, wohl aber als epochenbildender Bruch …

Winkhallah redete eine Stunde, sagte am Schluss, dass die Zeit nun vorbei sei und er nächste Woche fortfahre, klappte sein Manuskript zu und wandte sich zum Gehen. Sofort sprang sein Assistent auf und applaudierte, die Studenten taten es ihm nach. Winkhallah stand schon mit der Hand an der Klinke der Tapetentür, nickte noch einmal lächelnd ins Auditorium und verschwand, während alle noch klatschten.

Sein Assistent trat ans Pult und bedankte sich beim schon abwesenden Professor. Man habe es ja gehört, nächste Woche ginge es weiter, wer ein Mindestmaß an Vorbereitung leisten wolle, der lese bis zum nächsten Mal Seite 23 bis 74 in Winkhallahs jüngstem Werk »Unsere Heimat und ihre traditionelle Bindung an die westliche Welt«, das er ohnehin jedem empfehle. Man könne es auch bei ihm kaufen, sieben Prozent billiger als im Laden. Er würde vorne eine zweispaltige Liste auslegen, in die man sich eintragen könne – in die eine Spalte für die Ausgabe in der Landessprache, in die andere für die englische Übersetzung – dann würde er die entsprechende Menge bestellen.

Am Nachmittag fand eine Einführungsveranstaltung statt, die für Erstsemester und Austauschstudenten Pflicht war. Der Hörsaal war noch größer und noch überfüllter. Ich konnte gerade noch einen Platz auf einem Heizkörper neben dem Eingang besetzen, ungefähr dreißig Studenten passten aber beim besten Willen nicht mehr in den Saal, drängten sich auf dem Gang und reckten die Köpfe Richtung Tür.

Eine offensiv gut gelaunte Frau in Vorstandskleidung begrüßte uns und beglückwünschte uns dazu, an dieser Univer-

sität zu studieren, die die führende des Landes sei. Man habe in den letzten Jahren ein Studiensystem eingeführt, das denen in Großbritannien oder den USA in nichts nachstünde. Dem internationalen Vergleich dürfe man sich in unserer globalisierten Welt nicht entziehen, und es sei von essentieller Bedeutung, dass auch dieses Land nicht den Anschluss verliere. Deshalb habe man vor einigen Jahren grundlegende Reformen vollzogen, das Studium sei gestrafft und rationalisiert worden, so dass nun nach kürzerer Zeit besser ausgebildete Studenten dem Arbeitsmarkt zur Verfügung stünden.

»Lauter!«, rief in diesem Moment ein Student vom Gang.

In Ordnung, sie versuche, lauter zu sprechen, sagte die Frau, aber vielleicht hätten die draußen stehenden Studenten einfach etwas früher kommen sollen, dann hätten sie jetzt dieses Problem nicht. Vom Früherkommen würde der Saal nicht größer werden, rief der Student von draußen und erntete dafür Geglückse aus den ersten Reihen. Er solle hier nicht stören, sagte die Frau bestimmt. Sie habe hier das Hausrecht und könne auch Studenten des Saales verweisen. Er stünde doch schon außerhalb des Saales, rief der Student wieder. Ob sie denn neben dem Hausrecht auch das Gangrecht habe.

Die Frau guckte fünf Sekunden wie versteinert in Richtung Tür, dann ins Auditorium. Ohne weiter auf den Zwischenrufer einzugehen, sagte sie, sie fahre nun fort.

Dem alten System habe es an Klarheit und Struktur gemangelt, und die Wirtschaft habe darüber geklagt, dass die Universität zwar Menschen produziere, die über ein paar wenige fachspezifische Details gut Bescheid wüssten, aber von der Praxis und der betrieblichen Lebensrealität keine Ahnung hätten. Management, Kommunikation und neue Medien, das seien die Felder der Zukunft, und wer außer der Universität als Hort der Bildung sei dafür verantwortlich, diese neuen Ansprüche adäquat im Bildungsprogramm umzusetzen. Der zunehmenden

Diversifizierung der Berufsfelder sei auch durch neue Studiengänge Rechnung getragen worden. Jeder solle die Möglichkeit haben, den ersten Kontakt mit dem gewünschten Berufsfeld an der Universität zu haben und seine Kenntnisse wissenschaftlich zu untermauern.

Das hatte ich schon bemerkt. Beim Blättern durch das Vorlesungsverzeichnis waren mir die Fächer Pferdemanagement und Modewissenschaften aufgefallen. Im Studiengang Agrarwissenschaften gab es eine Veranstaltung mit dem Titel »Einführung in die Marktstandpräsentation«.

Unnötigen Ballast von früher, besonders trockene Theorie und überholte Klassiker, habe man gestrichen, was uns Studenten doch sicher freue. Außerdem sei es nicht mehr möglich, das Studium schleifen zu lassen und einfach nach Belieben ein bisschen herumzustudieren. Das habe das meiste Geld gekostet und habe nur arbeitsmarktuntaugliche Langzeitstudenten produziert. Allein die Gastronomiebranche habe davon profitiert. Als besonders nützlich habe sich die Einführung des Halbstudiums erwiesen. Wären früher alle Geisteswissenschaftler gezwungen gewesen, ein Vollstudium zu absolvieren, so könne man nun schon nach der Hälfte des früheren Studiums die Universität mit einem Abschluss verlassen, dem sogenannten »Junggesellen«. Dadurch habe man das Durchschnittsalter der Absolventen von 28 auf 22 gesenkt.

Diese Chance sollten wir nutzen. Die Universität hätte den welt- und wirtschaftsfremden Elfenbeinturm verlassen und sich endlich für den Wettbewerb geöffnet. Sie appelliere an uns Studenten, diese Herausforderung ebenfalls anzunehmen, schon im Studium den nötigen Ehrgeiz zu zeigen und immer besser als die Kollegen sein zu wollen. Dabei sei es von zentraler Bedeutung, ständig die eigenen Fähigkeiten und Kenntnisse zu demonstrieren. Sie weise in diesem Zusammenhang auch auf die Praktikumsbörse hin, die zwei Mal pro Semester stattfinde und wo man schon frühzeitig die Gelegenheit nutzen solle, sein Engagement unter Beweis zu stellen. Viele aufstrebende Unternehmen suchten unbezahlte Mitarbeiter. Das sei eine einzigartige Chance für uns Studenten, schon neben dem Studium die berufliche Praxis kennenzulernen und dabei auch noch die Gelegenheit zu haben, einen guten Eindruck zu hinterlassen. Sie wisse von Fällen, in denen Praktikanten später als Honorarkräfte übernommen wurden.

Am wichtigsten aber sei es zu lernen, wie man seine Zeit einteilt. Bei jeder Tätigkeit solle man sich fragen: Muss ich das jetzt wirklich tun? Kann ich das schneller oder effizienter erledigen? Alles sei rationalisierbar, auch essen und schlafen, was man doch bitte auch wirkungsorientiert tun solle. Das sei der Schlüssel zum Erfolg. Es gebe kompetente externe Anbieter von Schnelllesekursen und Zeitmanagementlehrgängen. Informationsmaterial liege am Schluss der Veranstaltung für jeden zum Mitnehmen vorne aus.

Über all dies dürfe man aber nicht vergessen, einer gesunden Ausgleichstätigkeit nachzugehen, die es einem erlaube, am nächsten Tag wieder fit und motiviert an die Arbeit zu gehen. Zu diesem Zweck unterhalte die Universität mehrere Sportstätten, die man gegen geringe Gebühr benutzen könne. Sie selbst empfehle allerdings ein bestimmtes Sportstudio in der Innenstadt, über das man sich ebenfalls bei ihr informieren könne. Wen eines dieser Angebote interessiere, der gebe ihr bitte Namen und E-Mail-Adresse: Sie lege vorne eine fünfspaltige Liste aus.

Es folgten einige Erläuterungen zum verwaltungstechnischen Ablauf des Studiums und der Prüfungsmeldungen, von denen ich so gut wie nichts verstand. Organisation, das fanden sie hier auch toll. Organisieren, verwalten und ein Vorzimmer mit Sekretärin davorschalten. Der Landsmann ist froh, wenn er etwas abhaken, durchstreichen, in eine Klarsichtfolie stecken oder abheften kann. Da hat dann alles seine Ordnung, da hat man wieder was erledigt. Funktionieren tut aber trotzdem nichts. Zowynokhs Tod war genauso abgeheftet wie seine Lehrveranstaltungen, und was einmal in den Akten ist, verschwindet nicht aus der Welt.

Als die Veranstaltung vorbei war, hatte ich mich schon damit abgefunden, niemals die nötigen Studienpunkte zu erreichen. Vielleicht die Hälfte, wenn ich Glück hatte. Dann mache ich halt an meiner Heimatuniversität ein Semester länger. Oder ich melde mich krank. Oder ich werde Handwerker.

Wirkungsorientiert ging ich nach Hause. Ich musste mich korrigieren: Das Innere des Hauptgebäudes sah natürlich nicht wie ein Katasteramt aus, sondern wie ein Amt für Bodenmanagement.

*

»Na ja«, sagt Lina. »So ganz falsch ist das ja nicht.«

»Was denn?«

»Man muss schon seine Qualifikationen wirkungsvoll nach außen repräsentieren.«

»Was muss man?«

»Na ja, stell dir vor, du arbeitest in einer Branche, wo du mit fachlicher Kompetenz überzeugen musst. Dann bist du ja gezwungen, deine Flexibilität und Innovationsfähigkeit …«

»Lina, bitte!«

»… weil das ja auch die Kernkompetenzen auf dem heutigen Markt …«

»Die was?«

»… und man kann der Bologna-Reform ja einiges vorwerfen, aber letztendlich sind die alten Zeiten vorbei, und die Employability ist heute das, was …«

»Um Gottes willen, Lina!«

»… denn die Soft Skills bringt dir niemand bei, und deine

Belastbarkeit kannst du ja nicht einfach so behaupten, sondern musst schon mit Einsatz dahinter…«

»LINA!«

Studentenpartygespräch

A: Hallo.

B: Hm.

A: Auch hier?

B: Jou.

A: Und? Woher kennst du die Sabine?

B: Weiß nicht mehr genau.

A: Ach ja, das hat sie mal erzählt.

B: Hm.

A: Ich kenne sie von der Arbeit. Wir haben mal zusammen gearbeitet.

B: Aha.

A: Ich hab da ja mal ein Praktikum beim Aufbau Verlag gemacht. Mit ihr zusammen. Beim Aufbau Verlag und bei der Deutschen Bank. Das fand ich total interessant. Und du?

B: Ich nicht.

A: Wie, du nicht?

B: Finde ich nicht interessant.

A: Und, was machst du so?

B: Kein Praktikum.

A: Und was studierst du?

B: Geht dich einen feuchten Kehricht an.

A: Aha. Interessant. Was willste denn damit mal machen?

B: Geht dich auch nichts an.

A: Ah so, ja. In dem Bereich werden ja viele aus deinem Fach gesucht. Das kann ich mir gut vorstellen. Also, wenn du was kannst, dann kann man in dem Bereich schon zu was kommen. Die ersten Jahre musst du natürlich ranklotzen, das ist klar. Und Überstunden machen. Aber wenn man da mal einen Fuß in der Tür hat… Ich hab ja schon viele Praktikas gemacht. Das sieht natürlich auch ganz gut aus. So im Lebenslauf. Und ich war ein Jahr im Ausland. In Kopenhagen. Wo warst du?

B: Praktika.

A: Aha. Ist das in Italien oder wo?

B: Der Plural von Praktikum heißt Praktika.

A: Und da warst du?

B: Nein.

A: Ach, ist ja interessant. Ich hab ja auch ein bisschen Dänisch gelernt. Können ja nicht viele. Also Skål erst mal! Welche Sprache hast du da gelernt?

B: Deutsch.

A: Ach, du bist gar kein Deutscher? Hört man aber überhaupt nicht. Na, so was, da sitze ich hier mit einem Italiener aus Practica und merke das nicht mal.

B: Ja. Verrückt, was?

A: Total crazy. Und was willst du damit mal machen, wenn du fertig bist?

B: Ich will dir nachts auflauern, dich fesseln und knebeln, deine Wohnung ausräumen, dein Auto klauen und alles nach Albanien verscherbeln.

A: Ach so. Das machen ja viele Italiener, wenn sie mit dem Studium fertig sind.

B: Wohl wahr.

A: Da kann man bestimmt was mit machen. Da muss man in den ersten Jahren natürlich mordsackern, das ist klar. Und Überstunden machen.

B: Und nachts den Chef aus dem Puff abholen.

A: Genau. Aber das zahlt sich irgendwann aus, das mit dem – na?

B: Autos nach Albanien verhökern.

A: Genau. Ist doch auch ein aufstrebender Wirtschaftszweig. Gerade in Italien. Machen doch bestimmt viele Italiener aus deinem Fach nach dem Studium.

B: Rassist!

A: Was?

Das geht sonst kaputt

Man kennt das ja. Man ist irgendwo in einer Turnhalle, einem Theater oder einem Gemeindesaal, und dort steht ein Klavier. Freudig setzt man sich daran und spielt eine Bach-Invention oder die Tetrismelodie. Sofort erscheint eine berufsmäßig schlecht gelaunte Hausmeisterin und sagt: »Nana, junger Mann, das lassen wir mal schön bleiben. Das geht nämlich sonst kaputt.«

Darauf entgegnet man, man sei zwar nicht Horowitz, nicht Krämer und nicht Wartke, man habe nur bei der Jugendmusikschule gelernt, aber auch dort sei einem beigebracht worden, dass man nicht mit der Axt auf die Klaviatur hauen soll. Diese Grundregel lerne man zwar nicht in der allerersten Stunde, und grundsätzlich sei es nicht einfach, diesem Drang zu widerstehen, aber nach ungefähr einem Jahr habe man das drauf, und sofern hier nicht gleich ein etwas zu sorgloser Holzfäller vorbeikäme, der sagt: »Können Sie mal kurz auf meine Axt aufpassen, während ich diese Flasche Jägermeister austrinke«, müsse die Hausmeisterin also keine Angst haben, dass man dem Klavier ungebührliche Gewalt antun werde.

Egal, entgegnet daraufhin die Hausmeisterin, man habe das gefälligst zu lassen, das sei zu laut und allgemein störend und überhaupt: Wie man das Klavier aufbekommen habe, das sei nämlich sonst immer verschlossen, und dadurch sei ja für jedermann ersichtlich, dass das Spielen darauf untersagt sei. Ob man es manipuliert oder gar erbrochen habe, dann müsse man für den Schaden aufkommen.

Hier sei gar nichts ersichtlich, sagt man, das Klavier sei nämlich unverschlossen gewesen. Was in diesem Haus überhaupt für ein Schlendrian herrsche: erst nichts verschließen und dann arglose Klavierspieler dafür verantwortlich machen wollen.

Das sei ja eine ganz schöne Frechheit, sagt nun die Hausmeisterin. So was habe sie ja noch nie erlebt, dass einfach einer käme und auf einem Klavier spiele. Man müsse jetzt die Reparatur des Klavieres bezahlen, nun da man schon darauf gespielt habe. Ob man denn immer noch nicht verstanden habe, dass das Klavier nicht zum Spielen da sei. Dass es noch so weit käme. Dass da ja jeder kommen könnte. Wer man glaube, wer man sei. Wo man denn da hinkäme.

Was sie sich da für einen Schrott habe andrehen lassen, fragt man nun die Hausmeisterin. Wie man so dämlich sein könne, ein Klavier zu kaufen, das vom Spielen kaputtgeht wie ein chinesisches Blinkespielzeug, das man sich in Italien am Strand von einem fliegenden Händler hat aufschwätzen lassen. Ob das ein fernasiatisches Elektronikprodukt sei, und ob man für dieses Klavier auch alle fünf Tage neue Updates herunterladen müsse, die das Klavier immer schwerfälliger und schließlich unbedienbar machten.

Das sei kein Schrott, sagt die Hausmeisterin, das sei sehr teuer gewesen und deshalb nur selten zu benutzen, am besten aber gar nicht.

Ob sie ein Auto habe, fragt man nun, das sie aber nie benutzt, weil es ja so teuer war und sie deshalb die Getränkekisten mit der Sackkarre vom zwei Kilometer entfernten Supermarkt nach Hause schiebe. Ob sie auch eines dieser Sparbrötchen sei, die teuren Ziegenkäse oder edlen spanischen Schinken kaufen und ihn so lange für eine besondere Gelegenheit aufsparen, bis alles verschimmelt ist.

Das gehe einen überhaupt nichts an, sagt die Hausmeisterin. Bei ihr zu Hause sei alles in Ordnung, und verrotten würde dort ohnehin nichts, denn das sei ja eine Schande.

Ebenso eine Schande sei es, ein Klavier ungespielt zu lassen und freundlich gesinnten Gästen, die nur mal eben »Fuck her gently« von Tenacious D. darauf spielen wollen, ebendieses zu verbieten. Wenn man etwas hätte haben wollen, das durchreisende Privatkünstler nicht zum Spielen verleitet, wäre es doch schlauer gewesen, hier etwas hinzustellen, das nicht vom Angucken kaputtgeht: eine Kühltruhe, eine Kreissäge oder einen Amboss. Oder man solle – wenn das Nichtspielen von Klavieren in diesem Haus einen so hohen Stellenwert einnehme – doch ein Schild aufstellen, auf dem steht: »Dieses Klavier hat uns sehr viel Geld gekostet und darf deshalb niemals gespielt werden«.

Jetzt sei aber mal Schluss, sagt die Hausmeisterin. Zum Spielen müsse man sich anmelden. Einfach so Klavier spielen sei ganz unmöglich.

Sei es nicht, man habe es doch gerade getan, entgegnet man.

Ruhe jetzt, sagt die Hausmeisterin. Der Dienstweg müsse eingehalten werden, und der ginge so: Aufzuschließen sei das Klavier nur durch sie selbst oder einen von der Direktion bestimmten zeitweiligen Klavierschlüsselwart, und das auch nur nach vorheriger Anmeldung eines qualifizierten Klavierspielers. Im Büro hänge eine Liste, in die man sich eintragen lassen müsse, um für eine bestimmte Zeit spielen zu dürfen. Dann käme eine schließbefugte Aufsichtsperson, um das Klavier aufzuschließen, während des Spielens danebenzustehen und gegebenenfalls »Sachte, sachte! Das war teuer!« zu rufen, sich nach erfolgtem Spielen von der Unversehrtheit des Instruments zu überzeugen und es danach wieder zu verschließen. Dies sei in meinem Fall nicht erfolgt, deshalb sei das Klavier zwar offen gewesen, im hausmeisterlichen Sinne aber verschlossen.

Wenn es verschlossen sei, dann könne man ja nun weiter darauf spielen, sagt man. Die Töne, die man vielleicht doch dem Klavier entlocke, seien ja dann im hausmeisterlichen Sinne keine Töne, weil man ja auch im hausmeisterlichen Sinne nicht spiele, weil das Klavier ja im hausmeisterlichen Sinne verschlossen sei. Wer daran zweifele, etwa ein Vorgesetzter oder Spielbefugter, möge sich im Büro selbst davon überzeugen, dass in der Liste kein Name eingetragen sei, das Klavier folglich verschlossen und meine Tätigkeit hier nicht als Spielen auf einem Klavier zu begreifen sei. So habe alles seine Ordnung, und niemand könne jemand anderem einen Vorwurf machen.

Daraufhin überlegt die Hausmeisterin zwanzig Sekunden.

Na gut, sagt sie schließlich. Aber man möge sich unterstehen, einen Antrag auf Eintragung in der Liste zu stellen. Dann nämlich müsse sie das Klavier aufschließen, und wenn man dann darauf spiele, ginge es kaputt.

Daraufhin spielt man erst eine Bach-Invention, dann die Tetrismelodie, dann »Fuck her gently« von Tenacious D. und schließlich Jarvis Cockers »Cunts are still running the World«.

Landeskunde für Vorurteilslose

Je länger ich in diesem Land war desto seltsamer kam es mir vor. Eigentlich hatte ich erwartet, dass die Entwicklung umgekehrt verlaufen würde, dass man am Anfang einen Schock bekäme und sich dann nach und nach an die örtlichen Besonderheiten gewöhnte. Aber nach ein paar Wochen war ich wohl immer noch in der Schockphase. Immer mehr fiel mir auf, und immer unerklärbarer wurden die Hintergründe. Zwar hatte ich schon einiges über dieses Land gelesen oder gehört, aber ich war eben noch nie dort gewesen. Und selbst wenn man wusste, dass es hier nicht ungewöhnlich war, in einem sogenannten »mobilen Zuhause« zu wohnen, also einem ausgewachsenen Haus auf Rädern, so war es doch immer noch ein seltsames Gefühl, wenn einem auf der Landstraße ein Bungalow entgegengefahren kam. Das ist ja wirklich so, dachte man, die Reiseführer und Fernsehdokumentationen hatten also doch recht.

Die Straßen waren in schlechtem Zustand. Schlaglöcher von einem halben Quadratmeter Größe gehörten noch zu den gewöhnlicheren Schäden. Die meisten Autos waren verbeult oder hatten irgendwelche losen oder fehlenden Teile. Manche Autos hingen am Heck stark nach unten. Die müssen mit irgendetwas beladen gewesen sein, das man besser nicht für alle sichtbar auf dem Rücksitz mit sich herumfährt. Neben Hupen und dem Röhren spritfressender Pick-up-Motoren war das häufigste auf der Straße zu hörende Geräusch das Kratzen eines aufsetzenden Autos.

Die Wohnhäuser waren meistens aus Holz, Gebäude aus Beton oder Backstein gab es nur im Stadtzentrum. Man hätte in jede Wohnung einbrechen können, indem man sich einfach nur durch die Wand sägte. Das wäre aber ohnehin kaum nötig gewesen, denn die Wohnungstüren waren auch in den besseren Gegenden so klapprig, dass man sie problemlos mit einem kräftigen Fußtritt aufbekam. Marder oder Ratten krochen zwischen die doppelten Wände und raschelten herum. Oft verendeten sie dort und machten damit das ganze Haus unbewohnbar. Bei Naturkatastrophen, etwa tropischen Wirbelstürmen oder Windhosen, die in einigen Teilen des Landes häufig waren, wurden diese Häuser vollständig zerlegt. Dann sah man im Fernsehen einen Mann, der in einem Holzhaufen stand, aus dem ein Kamin ragte, und sagte: »Das hier war unser Wohnzimmer.« Auch bei kleineren Naturereignissen wie heftigen Gewittern oder starkem Schneefall passierte es, dass ganze Stadtviertel ohne Strom und Telefon waren, denn alle Leitungen verliefen oberirdisch und waren stark störanfällig.

In den Kneipen war es unglaublich laut, denn die durchschnittliche Konversationslautstärke war hier doppelt so hoch wie in Europa. Die Leute aßen, indem sie ihre gesamte Mahlzeit zuerst in kleine Stücke zerschnitten und sie dann mit der Gabel in den Mund schaufelten. Dass man lange Nudeln mit einer Gabel aufrollen konnte, schien hier noch keine Beachtung gefunden zu haben. Man aß sie, indem man einmal hineinstach, ein paar Nudelenden in den Mund stopfte und den Rest hochschlürfte. Das Leitungswasser war stark gechlort, was die Gastronomen aber nicht davon abhielt, Karaffen mit Leitungswasser und viel Eis zu befüllen und ihren Gästen als Erfrischung anzubieten. Eiswürfel, Kaffee, Limonaden aus verdünntem Sirup, alles wurde aus Chlorwasser gemacht und bekam dadurch den landestypischen Geschmack nach Hallenbad.

Vor der Polizei solle man sich in Acht nehmen, hatte ich in einschlägigen Internetdiskussionsforen gelesen. Die hohe Kriminalität und die strengen Gesetze machten es sehr einfach, sich in einer Gewahrsamszelle wiederzufinden, und wenn ein Polizist einen Grund suchte, um jemanden für eine Nacht ins Gefängnis zu stecken, dann würde er den auch finden. Vieles, was in Europa selbstverständlich war, war hier ein Vergehen: Alkoholkonsum war nur in geschlossenen Räumen oder auf Privatgrundstücken gestattet, öffentliches Urinieren zog ein Gerichtsverfahren nach sich, und öffentliche Nacktheit wurde wie eine Sexualstraftat behandelt. Man konnte sogar dafür festgenommen werden, einfach nur betrunken über die Straße zu laufen. Es machte den Autoritäten offensichtlich Freude, alles zu kontrollieren, was ihren religiös-konservativen Werten zufolge nach Unmoral roch. Handfeuerwaffen gehörten jedoch nicht dazu, denn die konnte man sehr einfach und größtenteils legal erwerben.

Sollte man doch das Pech haben, von einem Polizisten angehalten zu werden, so habe man mit ihm zu reden, wie man es vor Gericht tun würde: nur auf das antworten, was gefragt wurde, und unbedingt die Höflichkeitsform benutzen. Man habe hastige Bewegungen zu vermeiden und immer so zu stehen, dass man dem Polizisten die Hände zeigen konnte. Wenn ein Polizist nach dem Ausweis fragte, dürfe man auf gar keinen Fall in die Innentasche seiner Jacke greifen oder sich wegdrehen und in seinem Rucksack wühlen, sonst riskiere man, auf der Stelle erschossen zu werden.

Ein bisschen Internetrecherche ergab, dass die gesamte Justiz wahnsinnig war. Es gab hier ein Gesetz, das den Gerichten vorschrieb, einen Straftäter nach der dritten Straftat lebenslang ins Gefängnis zu sperren. Dabei war es egal, ob man drei bewaffnete Raubüberfälle verübt, drei Mal mit Hanfblüten gehandelt oder drei Wände besprüht hatte. In den Siebzigerjahren war jemand für drei Betrugsfälle, die jeweils fünf Jahre auseinander lagen, zu lebenslanger Haft verurteilt worden. Der gesamte Schaden aller drei Taten hatte bei umgerechnet 180 Euro gelegen. In einer Provinz war es verboten, unter Wasser zu pfeifen, in einer anderen galt bereits das Werfen einer Münze als illegales Glücksspiel, und in der Hauptstadt war sogar Geschlechtsverkehr a tergo verboten. Sexualmoral war ein Thema öffentlicher Debatten, und die politischen Lager unterschieden sich nicht zuletzt durch die Frage, ob vorehelicher Geschlechtsverkehr verurteilenswert sei oder nicht. Erstaunlicherweise waren diejenigen Politiker, die Abtreibungen verbieten wollten und dafür mit dem Recht auf Leben argumentierten, dieselben, die sich für eine Beibehaltung der lockeren Waffengesetze aussprachen.

Zwar war das Land nominell laizistisch, jedoch hatte der starke Einfluss der Religion eine lange Tradition. Als Gründungsväter des Landes wurde eine Gruppe fundamentalistischer Fanatiker des 17. Jahrhunderts verehrt, die ihre Heimat hatten verlassen müssen, weil sie dort als gefährliche Umstürzler galten. Sie nannten sich selbst »Heilige« und gaben ihren neugegründeten Städten Namen wie »Gottes gnädige Vorsehung«. Bis heute opfert jede Familie diesen Extremisten an einem bestimmten Tag im Herbst einen Truthahn.

Eine aufklärerische Revolution wie in Europa hatte das Land nie durchgemacht. Die einzige Revolution in der Geschichte des Landes war mehr ein Aufstand gegen die europäischen Kolonialherren und richtete sich gegen die zu hohen Einfuhrzölle auf Tee, die man als untragbare Demütigung empfand. An Stolz hatte es den Menschen hier nie gemangelt. Die Menschen sahen ihre Heimat als das großartigste Land der Welt an. Mit Freude führte die Regierung Krieg gegen Staaten, denen man feindliche Aktivitäten nachsagte, und konnte sich dabei der Unterstützung der Bevölkerung sicher sein. Sie musste nur ein paar Geheimdienstinformationen fälschen und behaupten, das

Ausland plane einen Angriffskrieg, sofort sammelten sich alle hinter der Fahne. Das Vaterland hatte immer recht, gerade im Krieg. Sich allerdings gegen die einheimische Obrigkeit zu erheben galt als Frevel.

Man solle das Land vorurteilsfrei betrachten, hatten mir Leute gesagt, die schon mal eine längere Zeit hier verbracht hatten. Nun musste ich feststellen, dass ich viele Vorurteile einfach hätte behalten können und trotzdem zu dem Schluss gekommen wäre, der sich mir nach eingehender kritischer Auseinandersetzung aufdrängte. Ich hatte länger darüber nachgedacht, ob man der hohen Kriminalität nicht auch positive Aspekte abgewinnen könne. Leider musste ich feststellen: nein. Ich hatte mich gefragt, ob die faktische Nichtexistenz öffentlicher Verkehrsmittel nicht zu erhöhter körperlicher Aktivität der Bevölkerung und damit zu allgemein besserer Gesundheit führte. Ich kam zu dem Schluss: weniger.

Sicherlich hatte mein Unbehagen mit einigen dieser Erscheinungen auch damit zu tun, dass ich nicht hier sozialisiert worden war. Das waren meine Freunde, die schon mal hier waren, auch nicht, trotzdem behaupteten viele, sie könnten das Land völlig unvoreingenommen und objektiv beurteilen. Wirklich objektiv konnte man in dieser Frage aber wahrscheinlich nur sein, wenn man gar keine Sozialisation erfahren hatte, wenn man also Kaspar Hauser war oder fünf. Deshalb hatten sich meine Freunde ihre eigene Definition von Objektivität gemacht: Positives wird emporgehoben, Negatives (sofern überhaupt vorhanden) wird heruntergespielt. Damit ähnelten sie den einheimischen Nationalisten.

Eines allerdings stand fest: Ich würde nicht umhinkommen, mich für die Dauer meines Aufenthaltes mit den Verhältnissen zu arrangieren.

*

»Du hast Brot vergessen«, sagt Lina.

»Was hab' ich?«

»Dass es in den USA kein anständiges Brot gibt. Das ist doch das, worüber sich die meisten Deutschen aufregen, wenn sie in den USA sind. Und dass die Leute so freundlich, aber so oberflächlich sind. Dann noch dünnes Bier, dumme Fernsehwerbung und Fernsehprediger, die mit Strichern erwischt werden. Und das Essen ist entweder fett- und zuckerfrei oder so mit Fett und Zucker vollgepumpt, dass es einem aus den Ohren wieder herauskommt. Aber die Landschaft, die Landschaft ist so toll! Mann, fast glaube ich, ich kann besser Gemeinplätze vor mich hin reden als du.«

»Dafür gibt's mittlerweile schwäbisches Müsli in den amerikanischen Supermärkten.«

»Wann warst du denn das letzte Mal da?«

»Letzten Sommer in Los Angeles.«

»Und wie war's?«

Stadt der Bengel

Ich sage jetzt drei positive Dinge über Los Angeles:

1. Das Wetter ist meistens gut. Regen ist so selten, dass ein kleines Gewitter am dritten Tag meines Aufenthalts Anlass für eine Meldung in den Nachrichten war.

»Breaking News: Ungewöhnlich für diese Jahreszeit gab es heute ein Gewitter in Los Angeles und dem größten Teil der Metropolitan Area. Wir schalten nun live zu unserer Korrespondentin Rebecca Foster in Long Beach. Becky, wie ist der Stand der Dinge?«

»Ja, äh ... Hier in Long Beach hat es tatsächlich geregnet, fast eineinhalb Inch pro Quadratfuß sind in den letzten Stunden hier heruntergekommen, Straßen, Autos und sogar Parkbänke wurden ganz nass, und wer seinen Hund nicht rechtzeitig wieder in der Wohnung hatte, auf den wird heute noch etwas Föhnarbeit zukommen. Ich habe mit Augenzeugen gesprochen.«

Einspieler.

Augenzeuge 1: »Ich bin eine junge, attraktive Frau und darf zuerst etwas über den Regen sagen, weil dann niemand wegschaltet. Ich kam gerade aus dem Restaurant dort drüben und dachte: Wow, hier regnet es aber wirklich stark. Es war einfach, like, ... Ich kann es kaum beschreiben ... Es fiel einfach like so much water from the Himmel, und alles wurde ganz nass. I blame the government!«

Augenzeuge 2: »Ich bin ein Durchschnittsamerikaner um die fünfzig, was Sie daran erkennen können, dass ich mein Polohemd in die Hose gesteckt habe. Ich lief gerade über die Straße, als es furchtbar anfing zu regnen. Da habe ich zu meiner Frau gesagt: Komm, lass uns hier in diesen Laden gehen und warten, bis es vorbei ist. I blame the muslims, communists and homosexuals!«

Augenzeuge 3: »Ich bin Amerikaner japanischer Abstammung und wurde von den Reportern ausgewählt, etwas zu sagen, damit der multiethnische Charakter der Stadt und die Vorurteilsfreiheit des Senders zum Tragen kommen. Ich bin aus Oregon, deshalb liebe ich den Regen und habe mich fast wie zu Hause gefühlt.«

Wieder Rebecca Foster:

»Wir sehen: Mit Ausnahme dieses seltsamen Asiaten sind wir alle in Long Beach sehr erschüttert über den Regen und wissen kaum, wie wir mit dieser Erfahrung umgehen sollen. Die Wettervorhersage lässt allerdings keine weiteren Gewitter erwarten. Die Nationale Wetterbehörde rät trotzdem allen Bürgern im Großraum Los Angeles, bis zum Wochenende nicht mit offenem Verdeck zu fahren. Und eine Sache noch: Vorsicht an der Kreuzung Jefferson und 3rd Street: Hier hat es eine Schießerei mit bislang vier Toten und einigen Verletzten gegeben. Und damit zurück ins Studio.«

»Danke, Becky.«

2. Als US-Bürger kann man sehr einfach und legal Marihuana für medizinische Zwecke kaufen. Man kann einfach zum Allgemeinmediziner gehen und sagen, man leide unter Schlaflosigkeit, Kopfschmerzen oder Appetitlosigkeit, und bekommt ein Rezept für eine bestimmte Zeit. In Kali-

fornien gibt es mehr Cannabisverkaufsstellen als Starbucks-, McDonald's- und 7eleven-Filialen zusammen. Ob man das Gras nach dem Kauf tatsächlich für medizinische oder doch für Genuss- oder Rauschzwecke verwendet, wird nicht kontrolliert.

3. Der Name der Stadt lässt sich praktisch abkürzen. Der ursprüngliche Name der Stadt, »El pueblo de la Reina de Los Ángeles«, kann auf 6,896% seiner Länge verkürzt werden: »LA«. Die einzige Stadt in Deutschland, die sich in dieser Hinsicht mit Los Angeles messen kann, ist Königs Wusterhausen, allerdings bringt die Abkürzung »KW« es bereits auf 11,1% der ursprünglichen Länge.

Das waren drei positive Dinge über Los Angeles. Der Rest kommt jetzt.

Der erste Tag macht eine deutliche Ansage. An einer Straßenkreuzung warte ich an einer roten Ampel, denn das Überqueren der Straße bei Rot oder an Stellen, an denen kein Fußgängerüberweg vorgesehen ist, kostet 100 Dollar. Hier nun heißt mich Los Angeles sehr herzlich willkommen. Auf der anderen Seite steht ein Obdachloser, noch recht jung, Vollbart, zerrissene Shorts. Als ich schon fünf Meter an ihm vorbeigelaufen bin, fängt er fürchterlich an zu brüllen:

»Whaddoyouthinkyerdoing you motherfucking son of a bitch?! You think you get away with this so easily?« Er brüllt und brüllt, wird immer aggressiver – »next time I see you I'm gonna hit you in your fucking balls, y'understand what I'm sayin, man?«. Ich drehe mich nicht um, sondern laufe weiter. Sein Schreien kommt hinter mir immer näher. »Whaddoyouthinkofthat? Ever thought about it, you cocksucking, asslicking motherfucker, huh?«

Jetzt ist es so weit, Alter, denke ich. Jetzt zieht er eine Knarre und schießt dir in den Kopf. Dieser Urlaub war von Anfang an eine Scheißidee. Tod am Strand: Deutscher Tourist war in LA alleine auf der Straße und bezahlte diesen Leichtsinn mit dem Leben. Opfer der Attacke eines psychisch Kranken. Ein Arbeitskollege sagte: »Den Verlust können wir eigentlich ganz gut verkraften.« Klaus Wowereit: »Kenn ich gar nicht, den Typen. Aber für seine Familie isses bestimmt blöd.«

Plötzlich hört er auf zu schreien. Ich drehe mich immer noch nicht um, sondern suche Schutz im nächsten Eingang, der sich als Eingang eines kleinen Gemischtwarenladens herausstellt. Angst und Terror müssen in mein Gesicht geschrieben gewesen sein, denn die Dame hinterm Tresen begrüßt mich nicht mit dem üblichen »Good morning, how are you today?«, sondern mit »Can I help you?«, was in Amerika so viel bedeutet wie: »Was hast du mit deiner hässlichen Visage in meinem schönen Laden zu suchen, du stinkender Sohn einer räudigen Kojotin?«

Trotzdem verkauft sie mir eine Flasche Wasser, und ich stehe noch etwas im Laden herum, bevor ich mich traue, wieder hinauszugehen. Den Rest des Tages verschanze ich mich in meinem Strandhotel und überlege, ob ich nicht den Zimmerservice bitten kann, mir eine Schusswaffe aufs Zimmer zu bringen. Man muss sich ja verteidigen können. Das ist doch mein gutes Recht! Solange ich lebe, werde ich für dieses Recht kämpfen, auch wenn diese Sozialisten noch so plärren!

Am Abend holt meine Freundin Emmi mich mit ihrem Cabrio ab, und wir fahren zu ihr nach Hause. Sie ist der Grund, warum ich diese Reise angetreten habe. Vor zweieinhalb Jahren ging sie für ein Praktikum nach LA, lernte dort Hector kennen, heiratete ihn und blieb. So ist das: Die guten Kräfte werden immer öfter vom Ausland abgeworben, erst nur auf dem Arbeits-, jetzt auch auf dem Freundesmarkt.

Kalifornien stand bis dahin nicht auf meiner Liste der noch zu bereisenden Länder, denn ich habe mich stets an einen Satz von Mark Twain gehalten, der über Los Angeles sagte: »Zum Leben ist es schön, aber ich würde da nicht gerne auf Besuch hinfahren.«

Die Wohnung liegt in Hollywood, allerdings besteht nicht ganz Hollywood aus Kinos, Souvenirshops und dem Walk of Fame, wie ich schnell merke. Bei Emmi und Hector gibt es Essen, Bier und staatlich kontrolliertes Marihuana.

»Der Hund muss nochmal raus«, sagt Hector irgendwann. »Kommt, wir gehen in den Garten.«

Der Garten ist dunkel und eng, reicht aber für den Hund, der dort noch ein dunkles und enges Würstchen loswerden will.

»Du warst in New York?«, fragt Hector und zieht an seinem Rezeptjoint.

»Ja«, sage ich. »War großartig.«

»New York ist schwierig«, sagt Hector. »Jeder hat was Geheimes. Du weißt nicht, wer dir in der U-Bahn gegenübersitzt.«

Das weiß ich in Berlin auch nicht, denke ich. Jeder könnte ein Kontrolleur sein.

»Und was ist mit LA?«, frage ich.

»Da ist es sogar noch schlimmer«, sagt Hector. »LA hat eine dunkle Seite. Man klopft zum Beispiel in LA nicht einfach so an eine Haustür.«

»Wieso das denn nicht?«, frage ich.

»Weil man nie so genau weiß«, sagt Hector. »Du zeigst auch beim Autofahren niemandem den Mittelfinger, weil du nicht weißt, was er im Handschuhfach hat.«

»Mach ihm doch keine Angst«, sagt Emmi. Ich verziehe das Gesicht.

»Hollywood macht da keine Ausnahme«, sagt Hector.

»Du weißt, was man über Hollywood sagt? Die Hälfte der Leute in Hollywood will unbedingt entdeckt werden, die andere Hälfte betet, dass sie niemals entdeckt wird.«

Ich lache.

»Ja, du lachst«, sagt Hector. »Vor ein paar Monaten hat hier um die Ecke jemand um sich geschossen. Irgendein Verrückter. Hat drei Leute erschossen. Einfach so.«

»Hector, lass doch«, sagt Emmi. Ich werde immer kleiner.

»Schwarzenegger hat die psychiatrischen Anstalten geschlossen. Sparmaßnahmen. Jetzt hängen die Irren eben alle auf der Straße herum und können gefährlich werden.«

»Hector!«, sagt Emmi.

»Das da ist ein Obdachlosenheim«, sagt Hector und zeigt auf das Nachbargebäude. »Manchmal hört man die nachts.«

»Können wir bitte wieder reingehen?«, sage ich.

Hector, der Fotograf und Kameramann ist, zeigt mir noch einen Kurzfilm, an dem er mitgearbeitet hat. Der Film beginnt mit einem Mittzwanziger, der vor dem Computer sitzt und onaniert.

»Ja, guck dir das nur genau an«, sagt Hector. »So geht es achtzig Prozent der Singles in LA. Eine großartige Stadt, das Sehnsuchtsziel vieler Provinzler. LA ist eigentlich gar keine Stadt, es ist Land. Hier kommen lauter Leute aus Wisconsin oder Kentucky her, weil sie in ihrer Highschool die besten im Theaterkurs waren.«

»Und die werden dann verrückt und schießen um sich, weil sie so enttäuscht sind?«, frage ich.

»Yo!«, sagt Hector. »Oder sie sitzen vorm Computer und onanieren.«

»Willst du eigentlich noch ins Hotel?«, fragt Emmi. Die Aussicht, wieder eine halbe Stunde durch eine Stadt voller frustrierter Schauspielschüler mit Schusswaffen fahren zu müssen, scheint mir nicht sehr attraktiv, und ich sage: »Nö«, trinke noch ein Bier gegen die Angst und schlafe auf Emmis und Hectors Sofa.

Die nächsten Tage verbringen wir zum großen Teil im Auto. Emmi fährt mich durch die Stadt und erzählt zu jeder Ecke eine Geschichte: In dieser Bar hat sich Mel Gibson betrunken und danach auf Juden geschimpft. In diesem Toilettenhäuschen hat George Michael einem Undercoverpolizisten seinen Penis gezeigt. Und in diesem Nachtclub hat Charlie Sheen… na ja, was wohl. Charlie Sheen halt.

Trotz meiner latenten Voreingenommenheit muss ich doch zugeben: Die Attraktionen von Los Angeles stehen den Sehenswürdigkeiten von Ahlbeck, Rottach-Egern oder Herford in nichts nach. Es gibt ein großes Museum mit moderner Kunst, ein paar Aussichtspunkte, von wo man über die Stadt sehen kann, eine lange Strandpromenade, und wer sich für Parkplätze interessiert, der wird in LA in die gleiche Verzückung geraten, wie sie ein Kunsthistoriker in Rom empfinden würde. Die Universal-Studios schenken wir uns, denn der Anblick vierzigjähriger promovierter Sinologen, die bei dreißig Grad in einem Shrek-Kostüm herumstehen und sich von Kindern in den Sack treten lassen müssen, deprimiert mich außerordentlich.

Dazwischen habe ich Angst. Wenn man den Anblick amerikanischer Straßenkreuzungen nur aus Actionfilmen kennt, erwartet man, dass hier jeden Moment ein Auto vorfährt und die Situation eskaliert. Anzugträger, breite Latinos, Durchschnittsamerikaner, Mütter mit Kinderwagen, Obdachlose: Alle haben sie unter ihrer Kleidung riesige Knarren versteckt. Ein schiefer Blick, ein falsch verstandenes Wort oder ein Missverständnis am Burrito-Stand reichen aus, schon ziehen alle ihre Waffen, und jeder schießt auf jeden. Zwei Minuten später sind alle tot. Ein ganz normaler Tag in LA.

Die Nachtlebenerfahrung beschränkt sich auf einen Abend, den wir im glitzernden, blinkenden und lauten Teil des Sunset Boulevard verbringen. Der Style schlägt einem nur so entgegen. Sehr beliebt ist es, sich lateinische Zitate auf die Brust, unter den Bauchnabel oder auf die Wirbelsäule tätowieren zu lassen, und so sieht man Armadas von Menschen, die »Pecunia non olet« oder »In Vino Veritas« auf ihren Körpern stehen haben. Jeder ist irgendetwas, und niemand darf nichts sein. Je dünner die Frau, desto größer die Gläser ihrer Sonnenbrille, desto gelangweilter ihr Blick. Die Männer sind muskelbepackt und gelfrisiert. Die Einzigen, die das nicht sind, sind die Obdachlosen und ich.

Unser Ziel ist eine Bar namens Rainbow, von der man sagt, sie sei die Stammkneipe des Motörheadsängers und -bassisten Lemmy Kilmister. Lemmy selbst ist nicht da, dafür aber viele Typen, die gerne so aussähen wie er. Selbst in dieser ausgewiesenen Rock 'n' Roll-Kneipe gibt man sich Mühe, aufgestylt zu erscheinen. Bei den vier Männern in Polizeiuniform kann man sich nicht sicher sein, ob sie wirklich Cops sind und Feierabend haben oder ob hier vier Schwule schnell noch einen Burger verdrücken, bevor sie zu einer Village-People-Mottoparty gehen.

»In New York geht man nicht mit einer Clownsperücke auf dem Kopf in ein Lokal«, hat mir ein New Yorker gesagt. »Denn es könnte sein, dass da jemand sitzt, der eine noch viel größere Clownsperücke auf dem Kopf hat.«

In Los Angeles gilt derartige Zurückhaltung als Spaßbremsentum und Anzeichen für Selbstzweifel. Selbstzweifel wiederum haben in Los Angeles nur die Verlierer. Hier zieht sich jeder eine Clownsperücke auf und sagt: »Guck dir meine Clownsperücke an, Alter. Guckguckguckguck! Ist die geil oder was? Ich bin der Geilste, Alter.«

Und wenn jemand eine noch größere Clownsperücke aufhaben sollte, wird er eben erschossen.

Gelte ich in Deutschland schon nicht als der Master of Style und muss mich von Freunden wie Fremden für meine Cargohosen und Trekkingsandalen anpfeifen lassen, so fühle ich mich in LA wie ein Spätaussiedlerjunge in Klamotten aus der Altkleidersammlung. In Jeans, T-Shirt, Kapuzenpulli und kleiner runder Drahtbrille hält man mich hier im besten Fall für einen Nerd. Zur Erinnerung: An der Ostküste können auch Nerds cool sein. In Kalifornien ist Nerd eine Beleidigung und ausschließlich abwertend gemeint. Das Neuköllner oder Brooklyner Hipstertum der Prägung »Guck mal, wie geil scheiße meine neue alte DDR-Brille aussieht« ist in LA unbekannt. Geil scheiße gibt's hier nicht. Nur geil geil. Meine hübsche und in schlichte Eleganz gekleidete Freundin Emmi sorgt allein dadurch für Verwirrung, dass sie sich mit mir in der Öffentlichkeit zeigt.

»Was macht diese schöne Frau mit diesem debil grinsenden weißrussischen Austauschstudenten an ihrer Seite?«, fragen sich die Angelenos und gucken mich unter ihren Sonnenbrillen schief an.

Ganz LA ist eine Highschool. Die Männer sind alle Quarterback, die Frauen alle Cheerleaderchefin. Jeden Tag im Jahr ist Abschlussball, und jeder will Ballkönigin werden, auch die Männer. Ich bin der Loser, dem in der Kantine Joghurt in die Kapuze und Salz in die Cola gekippt wird. Ich rechne ständig damit, dass mir jemand die Schnürsenkel zusammenbindet oder einen Schlag auf den Hinterkopf verpasst, einfach weil er Bock drauf hat. Ich bin der ängstliche Vollidiot, gehe wieder in die achte Klasse und bin auf Demütigungen vorbereitet. Wieder steht meine Sportlehrerin am

Spielfeldrand und ruft: »Gebt doch auch mal den nicht so Guten den Ball!«, und alle verdrehen die Augen. Der Spielführer weiß genau, wer gemeint ist, spielt mir den Ball zu und wartet, bis ich es versaut habe. Ich bin der deutsche Austauschschüler Uter. Das ist mein Los, das ist ihr Angeles, ich habe es akzeptiert.

*

»Ja, klar. Ist total furchtbar in LA«, sagt Lina.

»Findest du?«

»Nö. Aber du anscheinend. Das ist ja schon sehr negativ, was du da alles über die Stadt erzählst.«

»Ich habe doch extra mit den guten Sachen angefangen.«

»Das meinst du ja wohl nicht so richtig ernst.«

»Wieso?«, sage ich. »Stimmt doch alles: Wetter gut, Gras legal, Name kurz. Das sind doch überprüfbare Tatsachen. Ich finde das gut.«

»Gibt's vielleicht sonst noch irgendwas, das dir da gefällt?«

»Ich habe da nette Freunde.«

»Toll. Der Provinzdeutsche hat Freunde in der großen weiten Welt. Biste da jetzt stolz drauf? Hui, ich habe Freunde in Amerika!«

»In den Staaten«, sage ich. »Wir provinzdeutschen Möchtegernweltmänner sagen immer ›die Staaten‹, wenn wir die USA meinen.«

»Vieles stimmt auch gar nicht, was du da erzählst.«

»Ja, kann sein.«

»Kann nicht nur sein. Ist so.«

»Das kann man so sehen.«

»Seh' ich auch so.«

»Bitte.«

Schön, dass wir so offen und locker mit unseren Meinungsverschiedenheiten umgehen können. Vielleicht nützt uns das ja nochmal was, wenn wir uns mal scheiden lassen sollten oder so.

»Und stört dich das nicht, dass das nicht stimmt?«

»Wenn's dich nicht stört.«

»Nö, mich stört's nicht. Kann ja jeder sabbeln, was er will. Seh' ich dann halt anders.«

»Find' ich auch.«

Solche Halbblind-Dates sind ja eigentlich immer ein Risiko. Wenn man großes Pech hat, erzählt man von seinen kulinarischen Froschschenkeleskapaden in Frankreich oder Kambodscha und merkt erst danach, dass man einer Krötentunnelaktivistin gegenübersitzt.

Die Situation ist von vornherein seltsam. Man lernt irgendwo eine Frau kennen – in der Discogarderobenschlange, in einem liegengebliebenen ICE oder bei der Insolvenzeröffnung des Betriebs eines Freundes –, und weil man eben nicht zusammen arbeitet oder denselben Pilateskurs besucht, verabredet man sich zu einem Kneipenbesuch zu zweit. Eigentlich kennt man sich kaum, aber was will man machen, wenn man weiß, dass man sich sonst nie wiedersieht? Dieser Abend steht dann unter der Überschrift: Wir wollen uns mal kennenlernen. Vielleicht verstehen wir uns ja ganz gut. Vielleicht treffen wir uns ja auch mal öfter. Vielleicht auch mal bei ihr oder mir zu Hause. Zwinker-zwinker, weißischmein?

Sie erzählt dann etwas über ihre Arbeit, dass es da ja auch nicht einfach ist, aber dass sie sich grundsätzlich in der Branche schon am richtigen Platz fühlt, auch wenn das gar nicht das ist, was sie studiert hat. Dann stelle ich ein paar kluge Nachfragen, aus denen sie erkennen soll, dass ich ein reflektierter Mann mit Menschenkenntnis bin, der mehr kann, als nur oberflächlich daherzureden. Sie antwortet dann so, dass auch ich etwas von ihrer Vielschichtigkeit mitbekommen soll. Dann sage ich: »Ach, interessant. Stimmt, so kann man das auch betrachten.« Dann macht man dasselbe nochmal umgekehrt.

Im Idealfall findet man noch etwas, das man teilen kann, wobei wir uns fühlen, als stünden wir zu zweit gegen den Rest der Welt. Alle finden den Rapper Casper toll, nur wir beide finden ihn doof, ganz besonders seine dämliche Mütze. Oder: Alle hassen Volksmusik, nur wir beide kennen den Unterschied zwischen volkstümlichem Schlager und echter Volksmusik, die kritische Texte und schöne Musik ohne Kitsch zu bieten hat.

Die ganze Sache kann natürlich auch scheitern, wenn man zum Beispiel feststellt, dass sie Männer, die in ihrer Freizeit Oliver Kalkofes Fernsehparodien sehen, überhaupt nicht abkann. Sie hatte da mal einen Exfreund – also damals noch Freund –, und der war so ein Arschloch, aber wirklich *so* ein Arschloch (sie betont das so oft, dass man sie fragen möchte, ob sie diese Beziehung in einem Zustand geistiger Umnachtung eingegangen ist), und der hat den ganzen Tag diesen Kalkofe-Quatsch geguckt und auch immer daraus zitiert. Seitdem hasst sie Kalkofe und alle, die über seine Shows lachen können.

Die Kunst ist es, mäßiges Erstaunen hervorzurufen, ohne ein offensichtlicher Angeber zu sein oder zu heftigen Widerspruch hervorzurufen. Ob ich das hier geschafft habe, lässt sich noch nicht sagen. Ich glaube aber, gerade läuft's ganz gut.

Lina sieht mich an, als würde sie auf etwas warten. Wieder zieht sie die Augenbrauen ein bisschen nach oben.

»Ach so, entschuldige«, sage ich. »Das habe ich vergessen dazuzusagen: Bei uns gibt's ja auch viele seltsame Sachen.«

»Hä?«

»Na, hier… Dings… Relativierung und so. Damit das nicht so arrogant rüberkommt, sag ich nochmal diesen Satz hinterher: L. A. ist schon seltsam, aber in Deutschland gibt's ja auch viele schlimme Menschen.«

»Aha«, sagt sie.

LG

In meinem Hinterhof klingelt alle paar Minuten ein Handy. Den nervtötenden Klingelton kann ich mittlerweile mitsummen. Dass mein Nachbar bei jedem Klingeln in den Hof brüllt: »Alter, mach dein scheiß Handy aus, du Wichser!«, macht die Sache leider nicht besser. Außerdem ist es halb vier Uhr morgens.

Als ich in den Hof gehe, um der Sache auf den Grund zu gehen, sehe ich das Handy mit demoliertem Touchscreen auf dem Boden neben den Fahrradständern liegen. Es klingelt. Auf dem Display steht »Sarah dicke Titten Panorama Bar ruft an«. Als es aufgehört hat zu klingeln, betrachte ich mir das Handy genauer. Zweiundsiebzig verpasste Anrufe, fünf ungelesene SMS.

In der Tat ist die Kontaktliste voll mit Einträgen wie »Juliane blond Nachtbus« oder »Jenny geiler Arsch Grillparty bei Matze«. Nun, da ich schon mal wach bin, kann ich auch meinem voyeuristischen Drang nachgeben, denke ich und nehme das Handy mit in meine Wohnung. Die Fotos sind außerordentlich interessant. In einer unaufgeräumten Wohnung sitzen vier junge Männer und ein Mann um die fünfzig im Anzug. Der Anzugträger hat eine Bong in der Hand. Verschiedene Frauen in unterschiedlichen Bekleidungsgraden liegen auf Betten oder stehen im öffentlichen Raum, manchmal auch zu zweit.

Dieser Mensch scheint etwas zu wissen, was ich nicht

weiß, denke ich und lese die SMS der letzten drei Tage. Offenbar gehört das Handy einem sozial umtriebigen Menschen namens Martin.

Donnerstag

14:32 Uhr, unbekannte Nummer:
Hallo Martin, ich bin ein Kumpel von Dirk. Kann ich bei dir was fürn Zwanni kaufen? Gruß, Karsten

14:58 Uhr, Giovanna Italienerin:
Martin, how are you? Wanna meet up? xxx Gianna

16:08 Uhr, Krazy K:
Heute ist donnerstag. Wo bleibt meine kohle? bring sie bis 22 uhr hier vorbei. Du schuldest mir 500.

16:12 Uhr, Martin an Krazy K:
Ich dachte, wir haben nächste Woche ausgemacht? Außerdem bin ich mir sicher, dass es 400 sind.

16:16 Uhr, Krazy K:
Wills mich vearschen? Pass mal auf das ich dir nicht dein arsch aufreise. Ich kann auch roshan sagen das du nich zahlst. Was glaubst du was dann los ist?! 500 heute abend um 10.

16:20 Uhr, Martin an Krazy K:
Ich versuch's

16:21 Uhr, Krazy K:
Versuch versuch. Mach oder du hast problem du opfer!

16:52 Uhr, Sarah dicke Titten Panorama Bar:
Hallo Martin, na, noch gut heimgekommen neulich? Magst du heute mit mir einen trinken gehen? Um zehn im San Remo? Ich wohne da auch gleich in der Nähe. LG Sarah

17:01 Uhr, Martin an Sarah dicke Titten Panorama Bar:
Oh ja, sehr gern. San Remo kenne ich. Bin um zehn da. LG Martin

17:24 Uhr, Martin an Oma:
Hallo Oma! Der Kuchen neulich war wirklich lecker, vielen Dank nochmal. Ich bringe dir gleich mal die Kuchenplatte zurück, OK? LG Martin

17:52 Uhr, Oma:
Junge, du kannst gern kommen, aber ixh

17:54 Uhr, Oma:
eifn, dl

17:56 Uhr, Oma:
dieses hendi. aber ich habe jetzt keinen kuchen da. nur kaffee.

18:07 Uhr, Martin an Oma:
Super, ich bin gleich da. Freu mich.

18:42 Uhr, Martin an Krazy K:
Ich hab 300 Euro.

18:52 Uhr, Krazy K:
500 bis zehn. Sonst Roshan.

18:53 Uhr, Krazy K:
Bitch!

20:06 Uhr, Martin an Katja:
Hallo Katja. Hast du mein altes iPhone noch? Kann ich das wiederhaben? LG Martin

20:10 Uhr, Katja:
Du hast echt Nerven, dich bei mir zu melden und auch noch dein beschissenes iPhone wiederhaben zu wollen. Verklag mich doch!

20:15 Uhr, Martin an Katja:
Ich verstehe, dass du sauer auf mich bist. Ich an deiner Stelle wäre es auch. Aber das iPhone gehört wirklich mir und ich brauche es dringend zurück. Oder du kaufst es mir ab. Ich will 100 Euro dafür. Ich kann sofort vorbeikommen.

20:18 Uhr, Katja:
Ja, dann kauf ich dir dein scheiß iPhone halt ab. Aber danach lässt du mich in Ruhe, ist das klar? Und kein Gesabbel, kein Geflenne und keine Scheiße an der Tür. Mein Freund ist auch da und der mag dich nicht. Geld gegen Handy und tschüss. Komm her.

20:45 Uhr, Martin an Krazy K:
Ich hab 346,35 Euro.

20:47 Uhr, Krazy K:
Opfer!

21:44 Uhr, Giovanna Italienerin:
Martin, what's up? Are you alright? I must talk to you. Please call me! xxx Gianna

Freitag

00:24 Uhr, Sarah dicke Titten Panorama Bar:
Du hast deine Mütze bei mir vergessen. Dann musst du sie wohl bald wieder abholen :-) Vielleicht mal, wenn du am nächsten Tag nicht so früh raus musst? LG Sarah <3

00:37 Uhr, Martin an Matze:
Yo Matzinger! Ich bin ein bisschen früher fertig geworden. Seid ihr noch im Matrix? Ich komme auch.

00:40 Uhr, Matze:
Fjeden. Komm her.

12:32 Uhr, Flo:
Alter, sag mir nicht, dass du meinen Fernseher mitgenommen hast. Das ist nicht dein Ernst.

13:09 Uhr, Martin an Krazy K:
Ich hab die 500. Ich komme gleich vorbei.

13:21 Uhr, Martin an Flo:
Es tut mir leid, aber ich musste deinen Fernseher verpfänden. Ich habe keine andere Wahl. Meine Mutter ist wieder im Krankenhaus und die Krankenkasse will nicht zahlen. Du kriegst das spätestens im März wieder. Versprochen.

13:30 Uhr, Flo:
Versprochen? Was du mir schon alles versprochen hast, Alter! Du schuldest mir noch zwei Monatsmieten und jetzt klaust du meinen Fernseher? Du tickst doch nicht ganz richtig! Ich zeig dich an, du Wichser!

13:31 Uhr, Flo:
Arschloch!

13:34 Uhr, Martin an Flo:
Tut mir leid! Meine Mutter.

13:36 Uhr, Flo:
Deine Mutter tut mir leid. Arschloch!

13:40 Uhr, Krazy K:
Du solltest gestern um 10 500 bringen. Hast du nich gemacht. Ein tag zu spät kostet nochmal 500.

13:43 Uhr, Martin an Krazy K:
Was? Alter, das kannst du nicht machen!!! Ich hab die Kohle doch. Ich komm gleich vorbei.

13:46 Uhr, Krazy K:
Kann ich nicht? Was wills du machen du bastard? Du tauchst heute mit 1000 hier auf sonst hast du problem! Roshan weis schon besheid.

13:47 Uhr, Krazy K:
Bitch!

13:49 Uhr, unbekannte Nummer:
Hunsohn! LG Roshan

14:02 Uhr, unbekannte Nummer:
Hallo Martin, ich bin ein Kumpel von Dirk. Kann ich bei dir vielleicht was fürn Zwanni kaufen? Gruß, Karsten

14:30 Uhr, Giovanna Italienerin:
Martin, I am serious. You have to call me. I must speak to you. It's really important.

14:35 Uhr, Martin an Matze:
Fuck, Matze! Du musst mir helfen! Kann ich bei dir vorbeikommen?

14:40 Uhr, Matze:
Sorry, ich habe gerade Jule und Nicole hier und Nicole ist schon nackt. Ihre Titten sind Gott. Was ist denn los?

14:42 Uhr, Martin an Matze:
Schick ma Foto.

14:56 Uhr, Matze:
attached <20131125_145502.jpg>

14:58 Uhr, Martin an Matze:
Hammer!

15:05 Uhr, Martin an Sarah dicke Titten Panorama Bar:
Hallo Sarah, bist du zu Hause? Kann ich meine Mütze abholen? LG Martin

15:12 Uhr, Sarah dicke Titten Panorama Bar:
Ja klar. Komm her.

17:18 Uhr, Flo:
Krazy K und Roshan waren hier. Du hast echt ein fettes Problem, Alter. Nicht nur eins.

17:30 Uhr, Krazy K:
Ich finde dich du hurensohn.

17:44 Uhr, unbekannte Nummer:
Hallo, ist das nicht die Nummer von Martin, dem Dealer von Dirk? Wenn ja: verkaufst du kein Gras mehr oder was ist los? Wenn nein: entschuldigen Sie bitte und löschen Sie alle SMS von mir! MfG, Karsten

18:01 Uhr, Sarah dicke Titten Panorama Bar:
Martin, du hast nicht zufällig aus Versehen mein Portemonnaie eingesteckt?

19:23 Uhr, Giovanna Italienerin:
Martin, I wanted to tell you personally, but you don't call me, so I have to tell you now: I'm pregnant. Call me!

21:35 Uhr, unbekannte Nummer:
TESTA DI CAZZO, HAI INGRAVIDATO MIA SORELLA?!? TI TAGLIO I COGLIONI E TE LI FICCO IN CULO SENZA VASELINA, STRONZO!!! VENGO CON I MIEI 13 CUGINI. SEI MORTE!!!

Google-Übersetzer: Dickhead, haben Sie meine Schwester imprägniert? Ich schneide dir die Bälle und schiebe sie dir in den Arsch ohne Vaseline, Arschloch. Ich bin mit meinen 13 Cousins gehen. Sie sind tot!

Samstag

9:32 Uhr, Martin an Oma:
Hallo Oma, kann ich mir für heute Vormittag dein Auto leihen? Ich wollte mal zu IKEA.

9:46 Uhr, Oma:
Ja, natürlich. Du kannst jederzeit vorbeikommen.

14:32, Martin an Flo:
Ich muss weg. Ich weiß, dass du sauer bist und du hast alles Recht dazu. Aber kannst du mir diesen großen Gefallen tun: Nimm den Koffer unter meinem Bett und werd ihn irgendwie los. Wichtig! Pass auf dass dich niemand sieht.

Die folgenden SMS waren ungelesen:

8:42 Uhr, Oma:
Martin, ich brauche heute mein Auto wieder. Ich muss doch zur Dialyse.

10:04, Oma:
Martin, bitte ruf mich an.

10:38 Uhr, Papa:
Martin, um Gottes willen, mach keinen Unsinn. Egal was los ist, wir helfen dir. Ruf mich an!

12:38 Uhr, Matze:
Guck mal in deinen Dropboxordner. Da sind die richtig interessanten Fotos von Jule und Nicole.

16:17 Uhr, Giovanna:
Martin. I am so sorry. I am not pregnant. Please call me.

Ich wische das Handy mit einem feuchten Lappen ab, fahre mit dem Fahrrad zur Elsenbrücke und werfe es in die Spree. Als ich umkehre, sehe ich vom anderen Ende der Brücke einen Typen in meine Richtung laufen, der einen Koffer in der Hand hält. Er sieht sich um, wartet ein vorbeifahrendes Auto ab und wirft den Koffer wie beiläufig über das Geländer in den Fluss.

»Hallo, Flo«, sage ich, als ich auf seiner Höhe bin.

Flo kriegt einen panischen Gesichtsausdruck und rennt wie der Teufel.

Das regt mich auf!

Vielleicht hatten sich meine Mitbewohner einfach an die landesüblichen Umgangsformen angepasst, dachte ich. Gary mal ausgenommen. Die Wortkargheit und der schroffe Umgangston sowohl meiner Mitbewohner wie auch der Menschen auf der Straße störten mich zwar immer noch, aber mir blieb nichts anderes übrig, als mich anzupassen und damit klarzukommen. Zuerst dachte ich noch, das sei nun mal so, hier seien eben andere Umgangsformen üblich, was aber nicht bedeutete, dass die Menschen hier allesamt Misanthropen seien. Man wolle eben schnell zum Punkt kommen, ohne viele überflüssige Höflichkeitsformeln austauschen zu müssen. Wenn in Amerika »Can I help you?« so viel bedeutete wie »Macht euch runter vom Hof!«, dann bedeutete hier »Macht euch runter vom Hof!« so viel wie »Guten Tag, was kann ich für Sie tun?«. Muss man nicht ernst nehmen, ist nicht bös gemeint.

Nach einigen Wochen stellte ich fest, dass das nicht stimmte. Wut schien die allgemeine Grundstimmung zu sein. Grundsätzlich war jeder Mensch ein Feind, man wartete nur darauf, dass er das auch unter Beweis stellte, damit man ihn angreifen konnte. Diesen Beweis konnte man schnell erbringen: Wenn man auf dem falschen Parkplatz parkte, wenn man einen Einzelhändler in seiner Ruhe störte, wenn man auf der Straße zu langsam oder zu schnell lief, wenn man in der Taverne das falsche Getränk bestellte, wenn man in einem Arbeiterviertel einen Anzug oder in einem Reichenviertel eine zerrissene Jeans trug.

Ab und zu geschah es, dass mich jemand auf der Straße anblaffte, und ich wusste nicht, warum. Hatte ich eine Geste gemacht, die hier eine Beleidigung war? Hatte ich irgendwohin gesehen, wo es als unschicklich galt?

Die Frauen waren unfreundlich und aggressiv, was wohl daran lag, dass die Männer Subtilität für genauso überflüssig hielten wie Höflichkeit. Flirten war hier an den Arsch packen und »Na, Mäuschen?« sagen. Als Konsequenz fühlte ich mich schuldig, obwohl ich noch nie eine Frau auf der Straße begrabscht oder obszön angesprochen hatte. Da das die Frauen natürlich nicht wussten, sondern ich für sie ein potentieller Belästiger war wie alle Männer, behandelten sie mich auch wie einen. Situationen, die in Europa völlig unverfänglich waren, konnten hier zu heftigen Abwehrreaktionen führen: mit einer Frau im Aufzug stehen, auf der Treppe hinter ihr laufen, Guten Tag sagen. Unbewusst passte ich mich den Gepflogenheiten an: niemanden ansehen, zügig laufen, nicht nach dem Weg fragen, Abstand halten.

Auch im Fernsehen war die Wut allgegenwärtig. Bei den meisten Diskussionsrunden hatte ich den Eindruck, dass es sie nur gab, um den Teilnehmern als Überdruckventil zu dienen, so viel wurde dort herumgeschrien und beleidigt. In einer Talkshow schrie eine ältere Schauspielerin fünf Minuten auf einen jungen Seriendarsteller ein, weil der an einer anderen, ihrer Meinung nach verachtenswerten Fernsehsendung teilgenommen hatte. In einer ähnlichen Sendung beschimpfte eine krawallige Schlagersängerin einen trockenen, zurückhaltenden Wissenschaftsjournalisten so lange als zutiefst bösen Menschen, bis dieser es nicht mehr ertrug und das Studio verließ. Der Grund war, dass der Wissenschaftsjournalist gesagt hatte, er glaube nicht an UFOs und hielte unscharfe Fotos nicht für einen Beweis ihrer Existenz.

Legendär war der Auftritt eines Fußballtrainers, der in einer

Pressekonferenz, ohne dass überhaupt jemand eine Frage gestellt hatte, während seines eigenen Vortrages so in Rage geriet, dass er laufend mit der Hand auf den Tisch schlug und unverständliche Beleidigungen gegen seine Spieler ausstieß. Berüchtigt für seine Wutanfälle soll ein Filmschauspieler der Siebziger- und Achtzigerjahre gewesen sein, der angeblich selten einen öffentlichen Auftritt ohne Publikumsbeschimpfung absolviert hatte. Auf Youtube konnte man sehen, wie er in einem weißen Anzug an einem Filmset im Wald auf und ab lief und brüllte wie ein Berserker.

Täglich las ich die Zeitung und mit besonderem Interesse die Leserbriefe oder Kommentare zu Artikeln in der Onlineausgabe. Offensichtlich bargen auch alle Neuerungen der letzten Jahre ein großes Wutpotential. Das Land befand sich in einem Umbruch, und man war es nicht gewohnt, dass sich Dinge ändern können. Die Sprache veränderte sich, was besonders viel Erregung bei den Konservativen hervorrief, die das als Zeichen des Verfalls und Beweis für die Schädlichkeit äußerer Einflüsse begriffen. Genauso gaben sich betont modern und weltoffen lebende Menschen Mühe, möglichst viele Neologismen zu benutzen, um besonders fortschrittlich zu klingen. Menschen, die anderen Religionen angehörten, zogen verstärkt hierher und wurden als Bedrohung wahrgenommen. Durch den ausländischen Einfluss, der durch die elektronischen Medien besonders schnell und plötzlich kam, entwickelten sich neue Moden in fast jedem Bereich. Eine nicht klar abzugrenzende Gruppe junger Menschen, die sich in Kleidungsstil, Haar- und Barttracht sowie Kunstgeschmack ähnelten, wurden »Modernlinge« genannt und kollektiv angefeindet, weil sie zu viele seien, und weil es das früher ja auch nicht gegeben hat.

Als ich eines Abends nach einem langen Unitag ins Wohnheim kam, war ich sehr müde. Gary saß wie immer in der Küche.

»Hello, my friend. How was your day at university?«

Das ist eine Falle, dachte ich. Das will er gar nicht wissen.

Ich kramte ein paar tiefgekühlte Sachen aus dem Eisfach und stellte die Pfanne auf den Herd, während ich ihm erzählte, dass es sehr anstrengend und verwirrend gewesen sei und ich nicht wisse, ob ich überhaupt die für meinen Studiengang richtigen Veranstaltungen besucht hatte.

»You know, my friend, there's one thing you'll have to learn.«

»Please, don't!«, sagte ich.

»Life is a challenge. And a fight. But the biggest fight is within yourself.«

»Gary, please! I don't want to hear about it.«

»If you can master the fight within yourself, you shall win every other battle. You know, in Taoism, they say –«

»STOP IT!«, schrie ich.

Er sah mich überrascht an:

»O dear… that's really a heavy fight in you.«

Ich atmete einmal ein und aus.

»Gary…«

Es war an der Zeit. Ich fragte ihn, ob er sich jemals gefragt hatte, warum niemand mit ihm in der Küche saß. Was genau ich meinte, wollte er wissen. Ob er nicht gemerkt hätte, dass ihm alle aus dem Weg gingen. Wir fühlten uns alle genervt von seinen Vorträgen. Man könne ja nicht mal Abendessen zubereiten, ohne von ihm zugetextet zu werden. Mochte ja sein, dass er mit einigen Dingen recht habe, aber er müsse doch einsehen, dass ein gutes Zusammenwohnen nicht klappen könne, wenn einer redete wie ein Wasserfall.

Gary guckte mich fünf Sekunden an und schien zu überlegen. Dann holte er Luft und sagte:

»You know what, my friend? I think most people don't want to look inside themselves. They are afraid of what they might find there.«

»No, Gary, please!«

»And I want to show them their inner soul, this is why they are afraid of me.«

»No, Gary, that's not the reason.«

»Of course it is. But I don't care. I am happy to teach you, even if you don't value it. Somebody's got to do it.«

Planänderung! Es wird nicht gekocht. Die Küche ist unbenutzbar. Ich stopfte das Tiefkühlzeug zurück ins Eisfach und griff mir stattdessen meine Plastiktüte aus dem Kühlschrank. Bevor ich hier von Garys Wohlwollen zermalmt werde, gibt's eben nur Kaltes und Rohkost.

»I'm leaving. I can't stand this.«

Ich nahm mir noch einen Teller und Besteck und trat die Flucht an.

»You see! You are afraid of it yourself!«

»No. You're just a pain in the ass.«

Wie musste man mit diesem Menschen umgehen, damit er das verstand? Was sollte ich denn noch tun, außer es ihm deutlich zu sagen?

Gary rief mir noch hinterher:

»Find your inner soul, my friend! Don't be afraid of yourself! Look inside yourself and you will find the whole world at your feet.«

*

»Du regst dich also nie über irgendetwas auf?«, sagt Lina.

»Doch, habe ich doch gerade erzählt«, sage ich. »Aber eben nicht dauernd. Bei manchen Leuten scheint sich aufregen so eine Art Hobby zu sein. Vielleicht auch eine chronische Krankheit, das weiß man nicht so genau.«

»Aha. Aber du gehst immer milde lächelnd und mit Frröhlichkeit und Frreude durchs Leben.«

Sie spricht das r mit einem Zungenschlag und klingt dabei wie ein evangelischer Pastor aus dem Sauerland.

»Jawòll!«, sage ich und schlage bei jeder Betonung mit der flachen Hand auf den rohen Holztisch. »Es wird sich gefrèut! Es wird gute Làune gehabt! Und es wèrden àlle nètt behàndelt. Du dumme Sau!«

Lina lacht laut auf. Gott sei Dank! Ich habe schon gedacht, das klappt nie. Wenn sie lacht, sieht man ihren leicht schiefen Eckzahn. Rechts oben.

Ich nehme einen Schluck Bier. Mitlachen wäre nicht drin. Wer über seine eigenen Witze lacht, endet irgendwann in »Moni's Pilsstubb« am Tresen und erzählt jeden Abend dieselben Geschichten.

»Aber du hast doch bestimmt auch was ganz Irrationales, worüber du dich furchtbar aufregen kannst«, sagt sie, als sie sich wieder eingekriegt hat. »Irgendwas völlig Unwichtiges. Ich rege mich zum Beispiel über Leute auf, die im Winter Sonnenbrillen in den Haaren tragen. Das ist eine Sonnenbrille und kein Haarreif, du Vollpfosten.«

»Na ja, ist ein bisschen billig, sich darüber aufzuregen, oder?«

»Ja, das ist es«, sagt sie. »Und du?«

Ich überlege.

»Ah, da muss er erst überlegen, der reflektierte Mann«, sagt Lina.

»Ich rege mich auf über dünne Frauen, die sagen, sie machen Diät«, sage ich.

»Na also, ist doch super. Was haben wir sonst noch? Leute, die in der Stadt Outdoorjacken tragen, so als wären sie eigentlich auf dem Weg in die Tundra und müssten nur noch schnell beim Kaufhof eine Harpune kaufen.«

»Leute, die ›in diesem Sinne‹ sagen, wenn sie ›Tschüss‹ meinen.«

»Leute, die den Sylt-Aufkleber auf ihrem Auto quer aufkleben.«

Ich muss lachen. Das läuft ja immer besser hier. Es ist jetzt halb elf, und wir biegen gerade von der Zum-Lachen-gebracht-Kurve auf die Verbrüderungsgerade ein.

»Der Rapper Casper, wegen seiner beknackten Mütze«, sage ich.

»Findest du? Ich find den eigentlich ganz gut.«

Verfluchter Mist, verfluchter!

Stand your ground

Vor meiner Wohnungstür steht eine Frau und druckst herum.

»Äh ... Hallo, ich wohne hier nebendran und ...«

Fuck!

Das musste ja eines Tages passieren. Zu schön wäre es auch gewesen, wenn man hier einfach mal E-Gitarre in einer Lautstärke spielen könnte, die ich »Zimmerlautstärke plus« nenne, ohne dass gleich jemand vor der Tür steht, der einem zuerst nicht etwa sagt, wie er heißt, sondern wo er wohnt. Seit ich am Tag meines achten Geburtstages miterleben musste, wie unsere Nachbarin meinen Kindergeburtstag wegen Nichteinhalten der Mittagsruhe von der Polizei auflösen ließ, weiß ich: Von Menschen, die wohnen, ist nichts Gutes zu erwarten. Ja, so war das damals im Westen. Das können sich viele heute gar nicht mehr vorstellen.

Das Schlimme ist: Der Anwohner hat die Macht. Nicht Volk, Parlament, Illuminaten oder die Mafia. Nix. Es ist der Anwohner. Er darf fahren, wo andere dem Hunde gleich draußen bleiben müssen, er darf parken, wo andere abgeschleppt werden, und er kann als einzelner, unbedeutender und eigentlich machtloser Querulant in einem Jahr das schaffen, was nadelbestreifte Politiker in Jahrzehnten nicht schaffen: ein Stadtviertel so zu verändern, wie es ihm passt. Er bezieht eine Wohnung neben dem schönsten Club des Viertels, den es schon seit fünfzig Jahren gibt, und klagt diesen Club in ein paar Monaten in den Ruin. Er macht Kneipenbesitzer zu Kettenhunden, die ihre rauchenden Gäste an den Haaren von der Straße ins Lokal zurückzerren. Er guckt im Unterhemd aus dem Fenster und droht spielenden Kindern mit der Bierflasche. Er braucht seinen Schlaf, denn er muss tagsüber schlecht gelaunt in seinem Kontor sitzen. Ein einzelnes Arschloch versaut Hunderten den Spaß. Das nennt man Diktatur. Die Menschen, die für Freiheit und Demokratie auf die Straße gegangen sind und in Gewehrläufe geblickt haben, hätten sich nie träumen lassen, dass die einmal errungene Demokratie eines Tages von etwas so Banalem wie der Nachtruhe ausgehebelt werden würde. Das Wort Anwohner ist eine Untertreibung, man müsste ihn Aufwohner oder Wohner-Wohner-über-allem nennen. Der Mensch stammt vom Affen ab, der Anwohner hingegen vom Blockwart.

Und jetzt steht der Anwohner in Gestalt meiner Nachbarin vor meiner Wohnungstür und sagt seine Sätze auf: »Nach zehn … morgen arbeiten … deine Musik … fänd's echt nett, wenn …«

Was will diese Person? Ich habe Leonard Cohens »Hallelujah« gespielt, ohne Verzerrer sanft die Saiten gestreichelt, was doch die beste Musik zum Einschlafen ist. Hätte ja auch singen können.

Man könnte nun einwenden, ich wohnte wahrscheinlich irgendwo in einem sauteuren Gründerzeitvillen-Außenbezirk, wo das lauteste Geräusch der Treppenlift der Nachbarin sei, deshalb habe ich leicht reden. Man könnte nun einwenden, ich sei ein Schnösel. Dem ist jedoch nicht so. Ich wohne auf der Boxhagener Straße, unter mir liegt die Heavy-Metal-Kneipe »Zum fröhlichen Genickschuss«, und über mir befindet sich das SM-Studio »Petras Peitschenparadies«. Von oben höre ich Gerumpel und Schreie, von unten höre ich Gerumpel und Schreie mit Schlagzeugbegleitung. Auf der Straße rattert die Straßenbahn, jede Nacht ziehen Horden besoffener Pubcrawler vor meinem Balkon vorbei und bewerfen sich gegenseitig aus Spaß mit Bierflaschen. Lichtenberger Schlägertypen kann man mit ihrem »Alta, haste wat jesaacht, Alta?« schon hören, wenn sie in Lichtenberg in ihre tiefergelegten Opel Corsae steigen, und alles wird durch den Widerhall in den Häuserschluchten so verstärkt, dass es bis ans Kopfende meines Bettes dringt.

Ich habe wahrscheinlich die lauteste Wohnung, die man ohne Bahntrasse, Autobahn oder Flughafen in der Nähe haben kann. Ich werde aber nie auf die Idee kommen, den Keltologie- und Realschullehramtsstudenten in der Heavy-Metal-Kneipe oder den Vorstandsvorsitzenden im Auspeitschsalon ihren Spaß zu verderben. Warum? Weil ich selbst gern Spaß habe, und das verstehen die Anwohner nicht. Sie haben nicht gern Spaß. Sie hassen Spaß, denn wer Spaß hat, impliziert, dass ihm das Leben gefällt. Ihnen aber gefällt das Leben überhaupt nicht, denn sie haben sich früh ausgedacht, dass die ganze Welt gegen sie ist, dass das Leben ein Kampf ist, in dem man sich durchsetzen muss, und dass es nur darum geht, die Zeit bis zur Beerdigung mit mehr Siegen als Niederlagen herumzukriegen, und sei es auch nur der Sieg über ein Geräusch. Mit zusammengekniffenen Augenbrauen sind sie auf die Welt gekommen, mit zusammengekniffenem Arsch werden sie sterben. Häkeldeckchen mit dem eingestickten Text »Nicht mit mir« hängen an ihrer Wand, Fußabtreter mit dem Satz »Wo kommen wir denn da hin?« liegen vor ihrer Wohnungstür. Auf ihren Grabsteinen wird nicht »Ruhe in Frieden« stehen, sondern Sätze wie »Das find ich gar nicht lustig«, »Da gibt's nix zu lachen« oder »Ist jetzt endlich Ruhe?«.

Sie begegnen uns im ICE, wo sie mit gehetztem Blick in

den Wagen stürmen und ihr Recht auf einen Sitzplatz einfordern. Sobald sie im Wagen stehen, sagen sie erst »So! Jetzt! Hier!«, und dann: »Mein Gott, diese Bahn!« Sie begegnen uns in Gestalt der Menschen, die glauben, der Aufzug kommt schneller, wenn man mehrmals auf den Knopf drückt und dabei flucht.

Erst wenn alle genauso schlechte Laune haben wie sie selbst, sind sie zufrieden. Man sollte sie nicht gewinnen lassen. Kein Fußbreit den Spaßlosen! Man sollte das »Musik bleibt an. Fick dich!«-Schild an die Haustür hängen und die Musik lauter drehen, wenn sie sich beschweren. Und jetzt habe ich die Gelegenheit dazu.

Ich sehe meine Nachbarin mit zusammengekniffenen Augenbrauen an.

»Sag mal, hörst du mir überhaupt zu?«, fragt sie.

Auch schon wieder so eine Anwohnerfrage.

»Nich richtich«, sage ich.

»Soll ich nochmal anfangen?«, fragt sie.

»Wenn's dir wichtig ist.«

»Dann sag ich's noch mal: Also, es ist jetzt schon nach zehn, und hier im Haus gibt's außer mir bestimmt noch andere Leute, die morgen arbeiten müssen und die jetzt nicht unbedingt deine Musik hören wollen. Aber das ist mir gerade egal. Ich bin – also, ich fänd's echt nett, wenn … – also, ich mach's kurz: Ich hab echt ganz üblen Liebeskummer und, äh … du hast doch gerade Hallelujah von Leonard Cohen gespielt. Kannst du vielleicht den Verstärker ein bisschen lauter drehen? Ich würde einfach gern in meiner Küche sitzen, eine Flasche Rotwein austrinken, rauchen und dabei zuhören, wie du von nebenan Hallelujah spielst. Kannst auch singen dazu, fände ich auch schön.«

Ich sehe sie finster an:

»Ich hab echt keinen Bock mehr auf irgendwelche Spaßbremsen, die vor meiner Tür stehen und sich über meine Musik beschweren.«

»Super«, sagt sie. »Ich auch nicht.«

Ich nehme das »Musik bleibt an. Fick dich!«-Schild, das ich vorsorglich schon mal neben die Gegensprechanlage gehängt habe, und klebe es an die Tür.

»Hihi, du bist lustig«, sagt sie.

»Bin ich nicht«, sage ich. »Weißt du, was ich jetzt mache? Ich drehe den Verstärker lauter und singe dazu. Ob es dir passt oder nicht.«

»Danke«, sagt sie. »Ist echt nett von dir. Wenn sich jemand beschwert, schick ihn einfach zu mir.«

Damit dreht sie sich um, zwinkert mir zu und schließt ihre Wohnungstür hinter sich.

Jeder Nachbar ist ein Feind. Diesen Kampf habe ich gewonnen.

Hass – ein ordentliches Gefühl

Der Hass genießt keinen guten Ruf in unserer Gesellschaft. Allzu oft werfen wir den Hass voreilig in eine Schublade mit der Intoleranz und der Gewalt. Seit einigen Jahren jedoch können wir in den Großstädten erste Ansätze zu einem differenzierteren Umgang mit dem Hass beobachten. Der Hass auf bestimmte Bevölkerungsgruppen regt heute niemanden mehr auf und wird hoffentlich bald etwas ganz Normales. Wir haben uns umgehört und möchten im Folgenden die gängige Meinung zu den fünf wichtigsten Gruppen kurz vorstellen.

1. Menschen mit Kindern

Was haben Hitler, Stalin und Jack the Ripper gemein? Sie alle waren mal Kinder. Das kann doch kein Zufall sein! Die Kinder von heute sind die Diktatoren von morgen. Sie haben uns schon so weit gebracht, die U-Bahnen und Busse ebenerdig besteigbar zu machen, und in manchen Cafés gibt es sogar schon Spielecken, damit die lieben Kleinen sich da schön wohlfühlen können. Kinder! Wohlfühlen! Ja bitte, was denn noch? Nicht dass wir uns falsch verstehen: Ich habe nichts gegen Menschen mit Kindern. Aber doch nicht in der Öffentlichkeit! Früher war klar: Wer Kinder bekommt, der ist auf Jahre hinaus vom gesellschaftlichen Leben ausgeschlossen. Früher hat man sich für Kinder geschämt, denn wer Kinder hatte, der hat damit öffentlich zugegeben, dass er Geschlechtsverkehr hatte. Man läuft doch auch nicht mit einem Schild um den Hals herum, auf dem steht, wer einem was wo reinsteckt! Wenn ich aber eine Frau mit einem Kinderwagen sehe, dann denke ich immer: Dieser Frau hat jemand – bäh, das will ich gar nicht wissen! Und wenn auch noch der Vater nebenherläuft, dann sehe ich sogar, wer es gewesen ist. Igitt!

Aber Anstand und Taktgefühl verfallen eben immer mehr, und diese Öko-Waldorf-Bio-Prenzlauer-Berg-Yoga-Dinkelgebäck-Holzspielzeug-ausPrinzipkeinenFernseherhaben-Mütter glauben, sie könnten auch mit Kindern U-Bahn fahren oder in Cafés sitzen, so als wären sie weiterhin ganz normale Mitglieder der Gesellschaft.

Das nervt einfach. Das große Problem mit diesen Leuten ist einfach, dass die anders leben als ich. Das können sie ja von mir aus gerne machen, aber nicht da, wo ich es sehen kann. Mein Viertel war immer weltoffen und tolerant. Und da haben Menschen mit Kindern einfach nichts zu suchen.

2. Hipster

Vollbärte hatten früher nur evangelische Religionslehrer und Pädophile. Wenn sich noch vor zehn Jahren ein Mittzwanziger mit Vollbart, Siebzigerjahrebrille und Truckermütze zu einem ins Zugabteil gesetzt hätte, man wäre sicher gewesen, dass man es mit einem leicht zurückgebliebenen Einzelkind vom Land zu tun hat, und hätte gebetet, dass er nicht gleich anfängt, wirres Zeug von sich zu geben: »Wie heißt du? Donnerstags gibt's Bohnen. Ich mag Bohnen. Wie heißt du?«

Aber jetzt soll dieses Outfit wieder cool sein? Anscheinend ja. Man muss sich halt seine Nische suchen, und weil ja alle anderen schon versuchen, gut auszusehen, wollen die Hipster absichtlich beknackt aussehen, und man muss ohne Neid zugeben, dass es einige in dieser Disziplin schon zu einer gewissen Perfektion gebracht haben. Eine ganze Szene von Holzfällern und amerikanischen Landwirten.

Nicht dass wir uns falsch verstehen: Ich habe nicht grundsätzlich etwas gegen Menschen, die sich einer bestimmten Szene zugehörig fühlen. Die meisten stören mich gar nicht. Gruftis zum Beispiel stehen ja nur depressiv in der Ecke herum und müffeln ein bisschen nach Patschuli. Außerdem sieht man die ja eh nicht, wenn's dunkel ist. Skater machen zwar ein bisschen mehr Lärm, aber wenn man sich von betonierten Freiflächen mit Sitzbänken fernhält, kommt man auch mit denen gut klar. Hipster dagegen sind überall. Auf der Straße, in der U-Bahn, in der Kneipe stehen sie herum, wollen Aufmerksamkeit und brüllen: »Ich kannte Arcade Fire schon, bevor sie bekannt wurden!«

Und: Hipster sind schuld daran, dass die Mieten steigen. Hipster sind nämlich alle reich. Alte DDR-Brillen, Hosen mit wenig Stoff an den Beinen und sich nicht rasieren, das sind alles Sachen, die furchtbar ins Geld gehen. Selbstverständlich hat alles Papa bezahlt, denn der Hipster ist per se faul und unselbständig. Sonst könnte er sich ja rasieren. Und meistens ist er nicht mal von hier. Damit kommen wir zu:

3. Menschen aus anderen Gegenden Deutschlands

Fremdenfeindlichkeit war früher etwas ganz Normales, und irgendwie gehört sie ja auch zum deutschen Kulturgut. Früher durfte man noch ungestraft »der Iwan« sagen, wenn man die Gesamtheit der Einwohner der Sowjetunion meinte. Heute gibt's schon ein Riesentrara, wenn man mal ein Haus, in dem zufällig ein paar Asylbewerber wohnen, so nach Feierabend aus einer Bierlaune heraus ein bisschen anzündet. Die Leute verstehen halt keinen Spaß mehr.

Aber irgendwo muss diese Energie doch hin. Deshalb haben wir uns ein anderes Ziel gesucht: Deutsche, die nicht von hier sind. Geil! Die kann ich aufgrund ihrer Herkunft hassen, ohne dass ich als Rechter dastehe. Die Ossis sind faul, meckern nur und wählen immer noch SED. Die Schwaben sind geizig, spießig und bauen überall ihre Luxuswohnungen hin.

Ich habe ja nichts gegen Zugezogene. Aber nicht in meiner Stadt! Warum ziehen diese Leute hierher, wenn sie doch gar nicht von hier sind? Und warum reden die so einen bescheuerten Dialekt? Das macht doch sonst niemand hier.

Theodor Fontane soll gesagt haben: »Vor Gott sind alle Menschen Berliner.«

So weit kommt's noch! Nur Berliner sind vor Gott Berliner, alle anderen kommen sofort in die Hölle. Gott ist nämlich selbst Berliner. Er heißt Atze, wohnt in einem Plattenbau in Lichtenberg, macht die beste Currywurst der Welt und beginnt jeden Satz mit »Ey, Keule …«. Theodor Fontane aber schmort in der Hölle, denn er ist aus Neuruppin.

Und die Zugezogenen sind daran schuld, dass die Mieten steigen. Dass die Ausländer uns die Arbeitsplätze wegnehmen, das kann ich in der Öffentlichkeit leider nicht mehr sagen, ohne dass sich gleich der Bundespräsident vors Brandenburger Tor stellt und eine Rede hält. Aber dass die Zugezogenen uns die Wohnungen wegnehmen, das werde ich ja wohl noch sagen dürfen.

4. Touristen

Touristen sind zwar meistens Ausländer, aber ich hasse sie ja nicht, weil sie Ausländer sind, sondern weil sie hier zu Besuch sind. Bei sich zu Hause können sie gern so oft und so lange zu Besuch sein, wie sie wollen. Hier nicht! Hier stehen sie im Weg herum und sind so bescheuert, keine Ahnung von meiner Stadt zu haben. Wie dumm kann man sein! Alles müssen sie in ihren Reiseführern nachlesen, nichts wissen sie von selbst. Sie waren noch nie hier, kommen aber trotzdem her! Sie kennen sich nicht aus und müssen dauernd in den Stadtplan gucken oder Leute nach dem Weg fragen. Langsam glaube ich, die machen das mit Absicht.

Und die Touristen sind daran schuld, dass die Mieten steigen. Jeden Tag stehen sie zu Hunderten vorm Rathaus und skandieren: »Mieten rauf! Mieten rauf!«

Hoteliers werden bedrängt, wenn sie zu billige Zimmer anbieten. Unrenovierte Wohnungen werden von einem wütenden Touristenmob abgefackelt.

Besonders darf man Amerikaner hassen, sofern sie nicht schwarz sind. Amerikaner sind ja so was wie Europäer, nur in dumm. Erst haben sie die Welt mit Krieg überzogen, und jetzt stehen sie in Badelatschen vor dem Brandenburger Tor herum und fragen, ob das das Grabmal vom Hitler wäre. Was bilden sich diese Leute ein, ihr Land zu verlassen und sich andere Städte und Länder anzusehen? Nehmt euch ein Beispiel an mir. Ich interessiere mich für nichts, ich bleibe da, wo ich herkomme, und hasse alles, was nicht von hier ist. Wenn das jeder so machen würde, hätten alle ihren Frieden.

5. Vegetarier

Vegetarier sind nicht so schlimm wie Menschen mit Kindern, weil sie ja ihr Erkennungsmerkmal – in ihrem Fall Sellerieschnitzel – nicht in einem Kinderwagen vor sich herschieben. Dafür bauen sie aber überall ihre Imbisse und Supermärkte hin, aus denen es penetrant nach keinem Fleisch riecht.

Außerdem sind die Vegetarier daran schuld, dass die Mieten steigen. Das Geld, das normale Menschen für Fleisch ausgeben, stecken die in ihre Wohnungen. Kein Wunder! Wenn ich das ganze Geld sparen würde, das ich für Steaks und Döner ausgebe, könnte ich mir auch einen Whirlpool mit eingebauten Vibrationssesseln und 3D-Fernseher leisten. Dass Menschen auf der Straße schlafen müssen, weil sie sich die Miete nicht mehr leisten können, damit kommen sie super klar. Aber wenn ein Schwein in den Schweinehimmel kommt, dann machen sie Terror.

So viel zu den fünf wichtigsten Gruppen. Wir hoffen natürlich, dass weitere Bevölkerungsgruppen folgen werden und der Hass endlich wieder in der Mitte der Gesellschaft ankommt und als etwas ganz Normales akzeptiert wird. Bald auch im Programm: Raucher, Nichtraucher, Männer, Frauen, Menschen mit irgendeiner sexuellen Orientierung und Menschen im Allgemeinen. Guten Abend.

Shibboleth I

Mir wurde es hier zunehmend unangenehm. Was hatte ich mir dabei nur gedacht? Haste wieder versucht, den Kosmopoliten zu spielen, wa? Alter, du bist in einem westdeutschen Bürgerhaushalt aufgewachsen. Zu Hause hast du dich noch über die Kulturwissenschafts- und Ethnologiestudentinnen lustig gemacht, die glauben, sie wären in der falschen Staatsbürgerschaft auf die Welt gekommen, und die sich am liebsten ihre Kindheit in einem niedersächsischen Reihenhaus wegoperieren lassen würden, wenn es einen Spezialisten dafür gäbe. Trotzdem hast du geglaubt, du kannst einfach hierherkommen und alles wird easy, weil du ja so ein offener Mensch bist? Weil ja alle Menschen im Grunde nett sind, wenn man sie auch nett behandelt? Wie naiv kann man sein?

War es ein charakterliches Defizit, dass ich mit der Aggression hier nicht klarkam? Musste ich daran arbeiten, und wenn ja, hieß das, dass ich stumpf oder gar selbst aggressiv werden musste? War das ein lohnendes Ziel? Wahrscheinlich verlangte es mich doch eher nach Lindenstraße, Abendbrot, Tagesschau und einem Wannenbad danach und nicht nach Geplärr und Aggression. Ewiger Schlechte-Laune-Terror auf der Straße. Lauter Menschen, die sinnlos von hier nach da liefen, weil sie sich für unglaublich wichtig hielten und alle anderen für unglaublich bescheuert. Lärm machen, im Weg stehen, beknackt aussehen – das sind die Disziplinen, in denen alle Menschen zwischen 8 und 19 Uhr ganz groß sind. Überall auf der Welt.

Aber wir sind ja so individuell. Wir haben alles Recht, uns frei zu entfalten, denn die modernen Zeiten haben endlich auch bei uns Einzug gehalten, und wer uns daran hindert, ist ein rückwärtsgewandter Feind der Freiheit. Deshalb dürfen wir auch brüllen, alles umtreten, was uns im Weg steht, und aus dem Telefon Schulabbrechertechno spielen. Es ist für die Persönlichkeitsentfaltung nämlich essentiell, dass jeder mitbekommt, wie frei und unangepasst ich bin. Freiheit ist immer meine eigene Freiheit zu tun, was ich will. Alles, was mich davon abhält, ist spießig. Fick dich, Rosa Luxemburg! Wenn ich auf die Straße kacke, dann empfinde ich das in dem Moment eben so. Und warum soll ich unfreier sein als mein Hund? Wenn der darf, will ich auch!

Ist das nicht der Zeitgeist? Wer am lautesten schreit, gewinnt; wer sich nicht durchsetzt, bleibt auf der Strecke; wer freiwillig etwas abgibt, ist selbst schuld. Dann waren die Schreibolzen eigentlich die größten Konformisten. Der spätkapitalistische Konkurrenzkampf läuft dauernd, auch auf der Straße, denn wenn man es schon auf der Straße nicht schafft, wie soll man es dann im Berufsleben schaffen?

Das ging durch alle Schichten. Die SUVs parkten, wo es ihnen gerade passte, oder hupten sich den Weg frei. Anzugträger behandelten jeden Menschen wie ihren persönlichen Sklaven. Die Unfähigkeit zur Empathie war vom Geld unabhängig. Richtig subversiv war man hier, wenn man älteren Menschen einen Sitzplatz anbot oder jemanden an der Supermarktkasse vorließ.

Ich suchte mir eine Taverne. Wohin ich ging, war ja eh egal. Im Wohnheim wurde ich behandelt wie lästiger Besuch, da kann ich mich auch in eine Taverne setzen, wo ich zwar auch als lästig, aber wenigstens als potentielle Geldquelle behandelt wurde. Grüner Tee beruhigt. Da war er wieder, der Mitteleuropäer. »I trink tagsüber gar kein Alkohol« (Löffler-Irmgard). Sieh es ein, du bist nur eine Vollpfeife. Ist ja auch gar nicht so schlecht. Die Welt wäre sicher entspannter, wenn die Vollpfeifen nur alle einsehen und zugeben würden, dass sie Vollpfeifen sind.

Ich fand eine etwas versteckte Taverne, die von Laufkundschaft verschont blieb, und setzte mich in die hinterste Ecke, wo mir niemand gegen den Stuhl laufen oder mich mit irgendeinem Mist ansabbeln konnte. Ein junger Kellner trat an meinen Tisch.

»Sivin chen?«

Seit wann wurde man denn in diesem Land am Tisch bedient? Üblicherweise guckte der Kellner über den Tresen und machte eine auffordernde Kopfbewegung, die so viel bedeutete wie »Was willst du, Sackgesicht?«. Dann hatte man seine Bestellung zu bellen und kassierte dafür einen Blick, der sagte: »Auch das noch!«

»Grinte«, sagte ich.

»Saoual. Kom tzo fot.«

Was soll denn diese gespielte Höflichkeit? Entweder war der Kellner nicht von hier, oder er führte irgendwas im Schilde und wollte mich mit seiner Höflichkeit einlullen. Wenn er aber glaubte, ich doofer Ausländer würde darauf hereinfallen, dann hatte er sich geschnitten. Ich war schon mal in Österreich gewesen, ich kannte alle Tricks!

Viel war hier wirklich nicht los. Eine Kleinfamilie saß an einem Tisch, trank Tee und aß ihre mitgebrachten Brote. Ab und zu sagte das Kind etwas und bekam dafür von der Mutter über den Mund gefahren. Zwei Männer tranken Bier und sprachen wenig. An zwei weiteren Tischen saßen zwei weitere einzelne Herren.

Außer dem Kellner stand hinter dem Tresen noch ein Mann um die fünfzig. Wahrscheinlich der Wirt. Ein Bekannter oder Geschäftspartner des Wirtes stand in der Tür und redete laut durch den ganzen Raum mit ihm, verließ den Laden, kam nach *zwei Minuten wieder, rief wieder drei Sätze, ging wieder und kam schließlich mit einem großen Karton zurück, der mit einer Decke abgedeckt war.*

Vielleicht war das hier ja auch ein Dealerlokal. Oder ein Treffpunkt für Kriminelle, Schmuggler oder Schleuser. Bei der hier üblichen Verachtung für Dezenz wäre es nicht verwunderlich, wenn der Mann eben »HIER IST DEIN HASCHISCH, WO SOLL ICH'S ABLADEN?!?« durch das Lokal geschrien hätte.

Der Kellner brachte mir meinen Tee.

»Ama grinte.«

Ich brummte nur. Eines hatte ich gelernt: Brummen hieß hier so viel wie »Jaja, is recht«, stand aber auch für »Vielen Dank«.

»Ikha dikhir noni xen. Bi stu ney?«

Das überstieg meine Sprachkenntnisse.

»Sorry«, sagte ich und winkte ab. »I don't speak your language very well.«

Jetzt geh schon und nerv mich nicht mit deiner ökonomisch induzierten Freundlichkeit. Blender! Schaumschläger! Der Kellner sah mich drei Sekunden lang an. Dann sagte er in akzentfreiem Deutsch:

»Ist ja interessant. Ich habe dich gerade für einen Einheimischen gehalten.«

Ein Satz in meiner Muttersprache! Zwei, um genau zu sein! Überhaupt: zwei Sätze, die nicht mit einer Beleidigung endeten. Hintereinander!

»Oh, äh … ja. Ich dich auch. Du sprichst Deutsch?«

»Nein«, sagte er. »Das war Suaheli.«

»Hä?«

»Nixnix. Aber du hast schon recht: Ja, ich bin Einheimischer.«

»Echt?«

»Ja, echt.«

»Krass.«

Drei Sekunden Stille.

»Und?«, fragte er.

»Was und?«, sagte ich.

»Willst du mich nicht was fragen?«

Das war also doch ein Dealerlokal. Was verkauften die hier? Drogen, Waffen, Frauen? Was war in dem Karton, den der Typ vorhin gebracht hatte? Und wenn der Laden gleich von der Polizei hochgenommen wurde? Ich weiß von nichts. Ich bin nur ein harmloser Tourist, der zufällig in diesen Dealerladen hineingeraten ist. So wie diese Kleinfamilie da drüben. Würde man mir das glauben? Oder ging die Mutter deshalb so gereizt mit ihrem Kind um, weil sie gerade kurz davor war, ein Betäubungsmitteldelikt zu begehen? Hatte halt keinen Babysitter mehr bekommen heute, da musste der Kleine eben mitkommen zur Warenübergabe.

»Ich wüsste nicht, was«, sagte ich.

»Sehr gut«, sagte der Kellner und ging.

Ich stellte mir keine Fragen mehr. Grüner Tee beruhigt. Ich hatte mir absichtlich nichts zu lesen mitgenommen, weil ich einfach nichts tun wollte.

Zwei Polizisten betraten die Taverne. Der Wirt begrüßte sie mit Handschlag und servierte ihnen Tee. Doch kein Kriminellentreffpunkt.

Der Kellner kam wieder zu mir und stellte ein Tablett mit zwei Gläsern Schnaps auf den Tisch.

»Entschuldigung, das hab ich nicht bestellt.«

»Geht aufs Haus«, sagte er und nahm sich ein Glas. »Du bist der erste Deutsche seit langer Zeit, der mich nicht wie ein Zirkustier behandelt.«

»Wie ein Zirkustier?«, fragte ich.

»Ja, so als ob ich einen Trick vorgeführt hätte, den sie verstehen wollen. Warum sprechen Sie so gut Deutsch? In welcher Sprache träumen Sie? Und dieser ganze Kram. Dafür gibt's jetzt einen Schnaps.«

»Danke. Prost!«

»Sind wir hier zum Trinken oder zum Labern?«

Wir tranken und schwiegen eine Minute.

»Warum hast du gedacht, ich wäre ein Einheimischer?«, fragte ich schließlich.

»Na, guck dich mal an. Sitzt hier, guckst misanthropisch und brummst beim Bestellen nur das Nötigste. Könntest glatt von hier sein.«

»Danke.«

»Gern geschehen. Die Ausländer, selbst wenn sie sich anziehen wie Einheimische und überhaupt keinen Akzent haben, die erkenne ich spätestens, wenn sie ›bitte‹ sagen.«

»Und warum bist du dann so höflich?«

»Warste irritiert, was? Das macht einfach so einen Spaß, die Gäste zu verwirren. Die sind dann ganz schockiert und wissen gar nicht, wie sie reagieren sollen. Der Chef hat mir auch schon gesagt, ich soll nicht so viele Worte machen, das würde die Kunden stören, aber mir ist das egal. Genauso wie Deutsche auf Deutsch anzusprechen. Unbezahlbare Gesichter.«

Antrag auf ständige Einreise

Ich stehe am Postschalter. Die Frau hinterm Schalter telefoniert:

»Pass ma auf, ick geb dir ma die Nummer durch. Also hier steht 0049, ick glaub, dit is die Vorwahl für Westdeutschland, wa.«

Ich erschaudere. Als sie zu Ende telefoniert hat, sieht sie mich an, ohne etwas zu sagen. Bin ich jetzt dran?

»Guten Tag«, sage ich.

»Vielleicht sagen Sie mir auch, was Sie wollen?«, grüßt die Frau mich zurück.

»Ich warte auf ein Paket.«

»Warum sind Se dann nich' zu Hause?«

»Äh … das hätte schon vor Tagen da sein sollen. Das Seltsame ist aber, dass ich im Internet bei diesem Trackingsystem nachgeguckt habe, und da steht: Empfänger unbekannt.«

»Da hat dit Trackingsystem recht. Ich kenn Sie nicht. Und wenn dit so is, dann geht dit Paket zurück.«

»Jaja, aber wieso *is dit so*? Ich wohne da doch schon seit Ewigkeiten, und ich bekomme nicht zum ersten Mal ein Paket.«

»Weeß icke«, sagt die Frau und macht etwas Ekliges mit Lippen und Zunge. »Seit wann wohnen Sie denn da?«

»Seit vier Jahren.«

»Wat? Seit vier Jahren? Junger Mann, nach vier Jahren, da bin ick froh, wenn der Paketbote mir nicht mehr dauernd den Fußabtreter klaut. Als Sie da eingezogen sind, hamse denn dem Paketboten damals kein Willkommensgeschenk hingestellt?«

»Was hab' ich?«

»Na, so 'ne Flasche Goldbrand oder so. Mit 'ne Grußkarte dran: ›Lieber Paketbote, Herzlich willkommen an meine Wohnungstür. Wenn ich was für Sie tun kann, brauchen Sie nur zu klingeln.‹ Das is'n Standardformular. Das kriegen Sie zugeschickt, wenn Sie einen Nachsendeauftrag gestellt haben. Den Goldbrand müssen Sie aber selbst kaufen.«

»Wieso soll ich denn so was machen?«, frage ich. »Wird der Paketbote denn nicht bezahlt?«

»Na ja, schlecht«, sagt die Frau. »Aber so machen Sie sich als Neuankömmling da keene Freunde. Wissensewat? Ick wohn' seit dreißig Jahren am Leninplatz, ick hab da wat zu melden. Ick jehöre zu den Blockältesten. Zugezogene haben keine Ansprüche zu stellen. Pissen Se in' Eimer, bis Sie die zehn Jahre voll haben.«

»Das kann doch wohl nicht wahr sein«, rege ich mich auf. »Ist die Post hier irgendwie so eine Art Ostberliner Geheimgesellschaft, in die man erst aufgenommen werden muss, oder was?«

Die Frau lässt ihren Stift fallen und sieht mich mit großen Augen an:

»Ach, jetzt kriecht die Wessikatze aus dem Bulettensack! Du bist gar nich' von hier, Freundchen? Na, so was is mir ooch noch nich' untajekomm'. Keen Berliner, aber noch Ansprüche stelln.«

»Bitte?«, frage ich. »Und deswegen bekomme ich keine Paketpost?«

»So sieht's aus. Kannst ja zurück nach Bayern gehen, wenn dir dit nüsch passt.«

»Ich komme aus Frankfurt am Main.«

»Na, dit is doch Bayern.«

»Nein, das ist Hessen.«

»Na, aber is nich' weit weg von München, wa?«

»360 Kilometer.«

»Sarickdoch, Bayern.«

»Aber Bayern ist …«

»Jetzt pass ma auf, Freundchen«, unterbricht mich die Stasitante. »Alles, was auf der andern Seite von der Elbe liegt oder wat ick nich' kenn, dit is Bayern, haste dit verstanden? Höchstens noch Schwaben. Dit is nu ma so, und da wird dir ooch keener bei der Post helfen könn'. Und dit sach nich' nur ich, dit saren hier alle. Dit sin hier alle meine Freunde. Und wenn dir dit nich' passt: Adios, mein Freund. Kannste den Stoiber von mir grüßen.«

»Der Stoiber ist doch schon lange nicht mehr in Bayern«, werfe ich ein. »Der ist doch in Brüssel.«

»Na? Und auf welcher Seite von der Elbe liegt dit?«

»Ach so, verstehe.«

»Da gehört schon 'ne ziemliche Arroganz dazu«, setzt die Frau wieder an. »Weeßte wat, ihr kommt hierher, wo euch keener jerufen hat, renoviert unsere Häuser, macht die Eckkneipen dicht und verkauft überall euern scheiß Milchkaffe. Aber so einfach mal Pakete geliefert bekomm', dit soll dann auf einmal gehen, ja?«

»Ich renoviere keine Häuser. Ich hab höchstens mal den Gang in meiner Wohnung tapeziert.«

»Damit du ihn teurer weitervermieten kannst, wa? Ick kenn' doch eure Mischpoke. Immer schön Profit machen, immer schön andern dit Jeld aus der Tasche ziehn. Und überall versnobten Luxusscheiß einbauen, mit Zentralheizung und Doppelglasfenster und so, damit hier bald alles aussieht wie bei euch in Bayern. Geld und Caipirinha, dit is doch allet, wat ihr wollt. Und schön fein auf Simon-Dach-Straße Sushi fressen, dit findta toll.«

Ich gebe auf, drehe mich um und verlasse die Postfiliale. Die Frau brüllt mir noch hinterher:

»Verpiss dich, Frankfurtammainer!«

Die Menschen in der Warteschlange haben die Frau gehört und fangen an zu brüllen: »Schwaben raus! Schwaben raus!«

Ich gehe nach Hause und krame die alte Löcherjeans hervor, die ich immer zum Streichen oder bei Umzügen anziehe. Oben trage ich den ausgewaschenen, aber doch fleckigen Kapuzenpulli. So gehe ich zurück zur Post.

Ich gehe an der Schlange vorbei und stelle mich direkt an den Schalter. Ein paar Menschen in der Schlange protestieren. Ich drehe mich um und fahre sie an:

»Schnauze! Ick wohn' hier schon seit meiner Geburt, dit sin über dreißig Jahre. Da könnt ihr ma alle schön die Schnauze halten.«

Sofort verstummt der Protest. Einer sagt noch:

»Entschuldigen Sie, das haben wir nicht gewusst.«

Die Postfrau sieht mich dröge an, ohne irgendetwas zu sagen. Ob sie mich wiedererkennt, weiß ich nicht.

»Wieso krieg ich keen Paket?«, rüffle ich sie an.

»Wo wohnen Se denn?«

»Saricknich.«

»Da kann ich Ihn nich' helfen.«

»Dann hätt ick gern ma Ihrn Chef jesprochn. Wo is der?«

»Geht Sie doch nüscht an, wo mein Chef is.«

»Wie heißen Sie?«

»Saricknich.«

»Ihr seid doch ein Scheißverein«, brülle ich. »Ein saudummer westelbischer Scheißverein. Von Bayern gegründet und von Schwaben geführt. Weißte wat? Ick hab schon Pakete bekomm', da hat euer Tuntenballett noch nicht mal davon geträumt, im Osten Westpakete austragen zu dürfen. Und jetzt macht ihr hier den Dicken. Geht Leberkäse fressen, ihr Penner!«

»Moment«, sagt sie und geht ins Lager. Durch die offen stehende Tür sehe ich, wie sie einen Schluck aus einer Goldbrandflasche nimmt, an der eine Karte hängt. Nach zwei Minuten kommt sie zurückgewankt mit einem Paket in der Hand.

»Isset dit?«

Auf dem Paket steht mein Name.

»Nächstes Ma 'n bisschen schneller, is dit klar?«

»Verpiss dich bloß, Arschloch.«

»Ach, halt doch die Fresse.«

Na also, geht doch.

Shibboleth II

»Und woran hast du gemerkt, dass ich doch Deutscher bin?«, fragte ich den Kellner, der sich ungebeten an meinen Tisch gesetzt hatte.

»Dein Akzent im Englischen«, sagte er.

»Oh! Ist der so deutlich?«

Er machte ein finsteres Gesicht.

»Ihr Deutschen seid einfach das ignoranteste Volk der Welt, wenn es um Fremdsprachen geht.«

»Äh, ja... Wie... wie meinst'n das?«

Er seufzte und verdrehte die Augen.

»Alter! Wenn jemand kein englisches th aussprechen kann, warum spricht er dann ein s?«

»Weil das dem th am nächsten kommt«, sagte ich.

»Nein, eben nicht!« Er klang wie ein entnervter Grundschullehrer, der seinem Schüler zum hundertsten Mal erklärte, dass vier mal vier nicht acht ist. »Ein f oder ein w kommen dem th am nächsten. Es gibt sogar britische Akzente, die das so machen. Die sagen dann nicht ›brother‹, sondern ›browver‹. Den Unterschied hört man kaum, wenn man nicht genau aufpasst.«

»Aber muss man das th nicht irgendwie mit der Zunge machen?«

»Siehste! Ihr wisst doch, dass man das th mit der Zunge an den Zähnen machen muss. Warum schiebt ihr dann nicht einfach die Zunge einen Zentimeter weiter nach vorne?«

»Na ja, das ist so schwierig.«

»Nee, isses nich', guck: The thirty-three thieves thought that they thrilled the throne throughout Thursday.«

»Ja, ist ja gut. Du kannst das und bist toll. Ich kann das halt nicht.«

»Doch, du kannst das auch, du willst nur nicht. Ihr Deutschen wollt einfach nie. Ihr seid sture, ignorante Eselsköpfe. Hamwer nich', wollnwer nich', war noch nie.«

»Also, entschuldige mal …«

»Wart mal grad«, sagte er und stand auf.

Was wollte der Typ denn von mir? Eben hatte ich mich noch gefreut, einen halbwegs freundlichen Menschen zu treffen. Jetzt war ich schon wieder sauer. Sind also doch alles Arschlöcher hier, auch wenn sie Deutsch sprechen. Er kam mit der ganzen Schnapsflasche zurück und schenkte nach.

»Wofür hab ich den denn jetzt verdient?«, fragte ich.

»Trink mal«, sagte er. Ich trank.

»Zigarette?«, fragte er und hielt mir eine Packung hin.

»Hrrll …«, sagte ich und nahm mir eine.

»Und Wichtigtuer seid ihr auch«, sagte er, nachdem er seine Zigarette angezündet hatte. Vielleicht brauchte er den Schnaps als Treibstoff. »Wenn jemand Latte matschiato sagt, dann steht sofort so ein Italienfuzzi in einer Barbourjacke neben dir und sagt: ›Das heißt nicht matschiato, das heißt makkjato.‹ Meistens ein Jurist.«

»Heißt es ja auch.«

»Siehste, du bist genauso drauf.«

»Aber ich meine das ja gar nicht böse. Es ist halt einfach nur falsch.«

»Und das müsst ihr jedem gleich unter die Nase reiben, was?«

»Aber wenn ich doch weiß, dass es falsch ist, dann muss ich ihm das doch sagen. Das ist doch für ihn auch besser, sonst macht er sich doch zum Affen.«

»Ja, genau! Das ist sehr gut, dass du das sagst. Ihr glaubt immer, die Welt verbessern zu müssen. Ihr wisst ja, wie es richtig geht, und müsst es allen anderen beibringen, die es noch nicht verstanden haben. Was sind das alles für Idioten, die kein Italienisch können! Als gäb's nichts Wichtigeres auf der Welt. Schon mal was von Zurückhaltung gehört, Alter? Ignorant und auch noch besserwisserisch. Das ist eine Mischung, die kriegt nur ein Deutscher hin.«

Er winkte ab und schenkte sich Schnaps nach. Mir nicht.

Musste ich mich hier beleidigen lassen für etwas, das ich gar nicht getan hatte? Was Zurückhaltung? Wenn ich nicht so zurückhaltend wäre, hätte ich ihm schon längst gesagt, was er mich alles konnte. War das so ein Trick von ihm? Erst Leuten Schnaps und Zigaretten ausgeben, damit sie sich nicht mehr wehren können, und ihnen dann erzählen, wie bescheuert sie waren? Oder war das eine landesübliche Sitte, wenn man jemanden kennenlernte? Mein Hals war schon angeschwollen, aber man lässt sich ja nichts anmerken. Höflich sein, ruhig argumentieren und auf eine harmonische Auflösung der Situation hoffen. Jetzt einfach aufzustehen wäre auch zu unfreundlich gewesen. Ich rauche die Zigarette noch auf, dann gehe ich, dachte ich.

»Wie heißen die dünnen Nudeln?«, fragte er.

»Lass mal gut sein«, sagte ich.

»Nee, sag doch mal: Wie heißen die dünnen, langen, italienischen Nudeln?«

Ich versuchte, möglichst viel schlechte Laune in meinen Ton zu legen:

»Schpagetti?«

»Ha!«, blitzte er mich an. »Da isses dann auf einmal okay, ›Schpagetti‹ zu sagen oder was?«

»Wie denn sonst?«, fragte ich.

»S-paghetti, Mann! Die Nudeln heißen S-paghetti, ohne

Zischlaut. Bei Latte matschiato macht ihr Stress, aber Schpagetti zu sagen ist voll okay. Wo ist denn da bitte der Unterschied?«

»Das eine ist Kaffee, und das andere sind Teigwaren.«

»Aha. Und Teigwaren darf man falsch aussprechen, Kaffee aber nicht?«

»Jaja, ich bin ein Idiot. Ist schon recht.«

»Och, jetzt isser sauer.«

Zeit zu gehen. Scheißverein. Drecksland. Wir werden keine Freunde mehr werden. Ich stand auf:

»Was kriegst du für den Tee?«

»Eine anständige Antwort krieg ich dafür. Warum soll Schpagetti in Ordnung sein, aber Latte matschiato nicht?«

Jetzt wurde ich laut:

»Sag mal, was willst du denn eigentlich von mir, du Penner? Du hast doch mit der Besserwisserei angefangen!«

»Was habe ich?«

»Du hast dich doch als Erster darüber aufgeregt, dass ich kein th sprechen kann. Und jetzt willst du mir erzählen, dass die Deutschen alle bescheuert sind, weil sie sich über Latte matschiato aufregen? Wer ist hier der Besserwisser, Alter?«

Sofort hellte sich sein Gesicht auf.

»Aha!«, sagte er. »Da kommen wir der Sache doch schon näher. Ein Punkt für dich. Und einen neuen Schnaps.«

Er schenkte mir nach.

»Ach so? Ist das hier ein Spiel?«, sagte ich.

»Sozusagen«, sagte er. »Sonst noch was?«

»Das ist eine sehr klischeebeladene und vorverurteilende Sichtweise, die du da auf Deutsche hast.«

»Eititei«, sagte er.

»Was eititei?«

»Häbäbä«, sagte er.

»Okay, dann eben so«, ich trank den Schnaps aus und sah den Kellner schief an: »Fick dich!«

Er lachte: »Ja, das ist schon mal gut. Kannst du das ausformulieren?«

»Ich muss mich nicht für irgendwelche Idioten rechtfertigen, die du mal getroffen hast und die zufällig die gleiche Staatsbürgerschaft haben wie ich«, sagte ich.

Er legte den Kopf schief. »Hm… dafür gibt's nur einen halben Schnaps«, sagte er und schenkte nach. »Grundsätzlich hast du recht, aber leider treffen meine Vorwürfe in diesem Fall auch auf dich zu. Schpagetti hast du selbst gesagt, und dass du Latte matschiato nicht erträgst, hast du indirekt auch zugegeben.«

Ich sah ihn an und sagte: »Arschloch!«

»Das gibt 'nen Extrapunkt«, sagte er und machte mein Schnapsglas voll. »Endlich kommst du mal ans Netz.«

»Ich komm dir gleich noch ganz anders ans Netz«, sagte ich, nahm das Glas und kippte den Schnaps auf den Boden. Der Wirt rief etwas zu uns herüber. Der Kellner antwortete etwas und machte eine beschwichtigende Geste.

»Das ist der beste Schnaps des Hauses«, sagte der Kellner. »Mein Onkel meint, man soll den nicht verschütten.«

»Dein Onkel kann mich mal«, sagte ich.

»Super!«, sagte er und lachte wieder. Plötzlich machte er wieder einen gut gelaunten Eindruck. »Du wirst besser. Ein lernfähiger Deutscher. Trifft man auch nicht oft. Da war aber noch was.«

»Was denn?«, fragte ich.

»Du bist leider drauf reingefallen, aber eigentlich hätte es dir auffallen müssen.«

»Dass du mich mit deiner Aggression so verarscht hast, wie du die Einheimischen mit deiner Freundlichkeit verarschst«, sagte ich und griff nach der Schnapsflasche.

»Nix!«, sagte er und zog die Flasche weg. »Das ist doch mittlerweile klar. Ich meine was anderes. Womit hat die Diskussion angefangen?«

»Mit grünem Tee.«

»Nein.«

»Ich komm nicht drauf.«

»Mit dem th. Du hast nur einen einzigen englischen Satz gesagt, und in dem kam gar kein th-Laut vor.«

»Ach …«

Er hatte recht. Er hatte einfach auf gut Glück angefangen, mein th zu kritisieren, und ich war auch noch so blöd gewesen, mich zu verteidigen.

»Si tacuisses …«, sagte ich.

»Klugscheißer«, sagte er. »Außerdem muss es in der ersten Person Singular ›Si tacuissem‹ heißen.«

»Klugscheißer«, sagte ich.

Er lachte.

»Ihr nehmt einfach alles viel zu ernst«, sagte er. »Auch wenn es offensichtlich ist, dass ihr verarscht werdet.«

»Ach, jetzt wieder ›ihr‹ oder was?«

»Entschuldigung, ich korrigiere mich: du.«

Ich setzte mich wieder.

»Ist das hier nicht genauso?«, fragte ich ihn.

»Was meinst du?«

»Dass die Leute alles zu ernst nehmen. Ich bin ja erst seit ein paar Monaten hier, aber ich glaube, hier ist es mindestens so schlimm wie in Deutschland. Wenn nicht schlimmer.«

»Du bist hier in Deutschland.«

»Wie meinst'n das?«

»Du kommst nie aus deiner Sozialisation raus. Egal wo du hingehst, du nimmst dein Deutschland überall mit hin. Das wirst du nicht los, nur weil du mal eine Grenze passierst.«

»Das habe ich auch schon befürchtet.«

Ich finde das nicht lustig!

Herr von Bülow!

Folgendes: Ich kenne Sie nicht, und wir sind uns nie im Leben begegnet. Trotzdem besitzen Sie die Frechheit, meine Familie in einem »Sketch« (wenn man dieses Machwerk überhaupt so bezeichnen kann) darzustellen, noch dazu auf eine äußerst infame Weise. Ihnen zufolge ist mein Sohn ein herrschsüchtiger Pascha, der um alles in der Welt eine verlogene bürgerliche Harmonie aufrechterhalten will; meine Schwiegertochter eine unselbständige Hausfrau, deren Horizont nicht über Strickzeug, Küche und Wohnzimmereinrichtung hinausgeht; mein Enkel ein ungeduldiger Choleriker, der unter der Knute seines Vaters leidet; meine Urenkel zwei identische Klone, die unfähig sind, eigene Gedanken zu formulieren; und überhaupt der ganze Haushalt eine spießbürgerliche Hölle, wie Ibsen sie nicht besser hätte erfinden können, in der alles so und nur ganz genau so zu laufen hat, wie es mein Sohn angeblich wünscht.

Woher nehmen Sie die Unverfrorenheit, solches zu behaupten? Hat man Sie in Ihrem ostelbischen Junkerstolz gekränkt? Hat Sie der Verlust Ihrer Privilegien nach 1945 so geschmerzt, dass Sie jetzt über scheinbar »harmlose« Witzsendungen im Fernsehen versuchen, der deutschen Bevölkerung wieder Ihre aristokratischen Vorstellungen von Hierarchien und Patriarchat einzuimpfen? Das werden die Deutschen kein weiteres Mal mit sich machen lassen, denn sie wissen, wohin das geführt hat. Ich tröste mich damit, dass über revanchistische »Künstler« wie Sie die Zeit hinweggehen wird und Sie schon in wenigen Jahren völlig vergessen sein werden.

Ich drücke hiermit mein äußerstes Missfallen aus und behalte mir vor, Strafanzeige wegen Verleumdung zu stellen.

Grußlos,

Berta Panislowski (Brockton/Massachusetts, USA)

PS: Ich habe nie in meinem Leben ein Klavier besessen.

Sehr geehrter Herr Heino,

lange waren Sie verschwunden, und ich dachte schon, Sie hätten sich gänzlich ins Privatleben zurückgezogen. Nun habe ich Ihr neues Lied »Junge« im Radio gehört und bin zutiefst gerührt. Plötzlich merkte ich: Da ist jemand, der mich versteht, der meine Sorgen teilt, der weiß, wie eine Großmutter fühlt. Sie sind ein großes Genie.

Es kommt mir nämlich so vor, als beschrieben Sie meinen Enkel Sascha. Den ganzen Tag sitzt er nur am Computer, macht Sachen in diesem Internet und bewegt sich erst nachts aus dem Haus. Das Schlimme ist, dass er darauf noch stolz ist. Wenn ich ihn frage, warum er nur vor dem Computer sitzt und nie arbeitet, sagt er nur: »Oma, wir nennen es Arbeit.« Er hat mittlerweile völlig den Sinn für die Realität verloren und behauptet, er könne »Dinge geregelt kriegen« (wie er sich ausdrückt) ohne einen Funken Selbstdisziplin. Ich glaube, diese Selbstüberschätzung kommt von den Drogen. Er und seine Freunde trinken den ganzen Tag so einen südamerikanischen Tee, der wach halten soll, ähnlich wie Kokain. Zur Tarnung haben sie ihn in Eisteeflaschen gefüllt und behaupten, dieses Gebräu sei völlig legal.

Dazu kommt sein schlimmes Äußeres. Schon seit Jahren trägt er so eine Frisur, die ich nur von den Punkern am Bahnhof kenne: die Haare an den Seiten des Kopfes abrasiert, so dass nur noch von der Stirn bis zum Nacken ein schmaler Streifen stehenbleibt, den er mit Pomade aufstellt. Und der ist auch noch rot gefärbt. Besonders peinlich war es für unsere ganze Familie, als eine Berliner Illustrierte ein Porträt von Sascha benutzte und es als Titelbild verwendete. Darunter stand: Die 100 peinlichsten Berliner. Ich habe es ja schon immer gesagt, aber auf mich hört ja keiner.

Und ständig dieser Lärm!

Besonders erfreut bin ich aber darüber, dass wir beide mit unserem Gefühl offenbar nicht alleine sind, Herr Heino. Lange habe ich geglaubt, es sei schon alles verloren, nun sehe ich aber, dass Ihre Botschaft genau die Richtigen erreicht. Ihre Auftritte an Silvester vor dem Brandenburger Tor und sogar bei diesem eigentlich ganz schrecklichen Happy-Metal-Festival in Schleswig-Holstein lassen mich hoffen, dass es bald in der Gesellschaft einen Umschwung gibt: weg von den Drogen, weg von der Faulheit und dem Terrorismus, hin zu Verantwortung, Anstand und ästhetischem Geschmack, kurz: zu Werten, die Sie verkörpern wie kein zweiter deutscher Künstler.

Ich werde Ihre Platte mit dem Lied »Junge« jedenfalls meinem Enkel Sascha zum Geburtstag schenken. Und ich kann es mir gar nicht anders vorstellen, als dass sie ihm richtig gut gefallen wird.

Ich hoffe, ich sehe Sie bald mal wieder auf dem Vertriebenentreffen.

Mit den freundlichsten Grüßen,

M. Lobo

Sehr geehrter Herr,

herzlich möchte ich Ihnen zu diesem treffenden Vierzeiler gratulieren, den ich neulich auf der Witzeseite des »Goldenen Blattes« las und den ich hier gerne wiedergebe:

»Adorno sprach zu Horkheimer:
Leih mir deinen Korkeimer.
Horkheimer zu Adorno:
Hier hast du ihn, buon giorno!«

Endlich ist es jemandem gelungen, die wahren Machenschaften dieser sogenannten »Frankfurter Schule« zu entlarven. Dafür danke ich Ihnen herzlich.

Ich selbst habe an der Frankfurter Universität studiert und habe das Unwesen, das dort mit Korkeimern getrieben wurde, aus erster Hand erfahren. Tatsächlich war Theodor Adorno in der gesamten Soziologenszene als Schnorrer bekannt, der zu geizig war, sich einen eigenen Korkeimer anzuschaffen. Stattdessen lieh er sich fast wöchentlich einen aus und gab ihn völlig demoliert oder gar nicht zurück. Auch bei mir hat er es versucht. Da ich damals aber selbst keinen Korkeimer besaß – ich war Student, es waren die Sechzigerjahre, und ich gab mein ganzes Geld für Drogen und Maobibeln aus –, musste ich mir mit einem einfachen Eimer aus Bast behelfen. Das war dem Herrn Professor anscheinend nicht fein genug, denn er zog sein Ausleihgesuch zurück. Ich hatte Glück, andere kamen nicht so glimpflich davon. Und von solchen Leuten sollen wir uns erzählen lassen, dass es kein richtiges Leben im Falschen gibt? Drei Mal laut gelacht, sage ich!

Ich freue mich zu sehen, dass es noch aufrechte Kämpfer für die Wahrheit gibt. Es wird Zeit, dass dieses lange totgeschwiegene dunkle Kapitel deutscher Nachkriegsgeschichte endlich ans Licht kommt, und Ihr Gedicht liefert dazu den ersten Anstoß. Ich jedenfalls habe aus diesen Vorfällen gelernt und leihe heute niemandem meinen Korkeimer. Adorno ist tot. Mein Korkeimer ist noch da. Ich werde Sie für den Literaturnobelpreis vorschlagen.

Herzliche Grüße,

[redacted]

Sehr geehrter Herr Herbig,

ich schreibe Ihnen bezüglich Ihres Kinofilms »Der Schuh des Manitu«. Ich bin Mutter eines siebenjährigen Jungen und eines neunjährigen Mädchens und wohne in Vlotho in Westfalen. Ihr Film genießt bei meinen Kindern und ihren Freunden seit langem schon eine hohe Beliebtheit. In Ihrem Film sprechen die Hauptfiguren, der Cowboy Ranger und der Indianer Abahachi, breites Bayerisch. Das mögen Sie vielleicht unglaublich komisch finden, ich finde das aber überhaupt nicht lustig, denn es entspricht nicht den Tatsachen.

Aufgrund dessen, dass das so ist, ist eine große Verwirrung entstanden. Mein Sohn ist sehr verrückt nach Westernfilmen, hat sich auf die Seite der amerikanischen Soldaten geschlagen und glaubt, die Welt vor »Rothäuten« schützen zu müssen. Seit Ihres Filmes hält er aber jeden, der »Servus« sagt, für einen Indianer und attackiert ihn. Letztes Jahr waren wir im Urlaub am Chiemsee. Sie können sich nicht vorstellen, was das für uns bedeutete. Wir werden uns da nie wieder sehen lassen können. Sie sind daran schuld, Herr Herbig!

Solche Uneindeutigkeiten können Kindern nicht zugemutet werden. Die ganzen sprechenden Bären und singenden Tiefseeschwämme, welche man in Kinderfilmen zu sehen bekommt, sind schon schlimm genug, und mittlerweile schrecken die Fernsehmacher und Volksverdummer nicht einmal mehr vor sprechenden Broten zurück. Wohin soll das noch führen?

Ich fordere Sie daher auf, in zukünftigen DVD-Ausgaben dieses Films erläuternde Untertitel einzufügen. Über die gesamte Länge des Films sollte dieser Text eingeblendet bleiben: »Der bayerische Akzent wurde aus Gründen der Komik eingefügt und entspricht nicht den historischen Tatsachen.«

Sie riskieren sonst, dass das jemand falsch versteht. Das muss doch auch in Ihrem Interesse liegen.

Im Übrigen möchte ich bemerken, dass dies nicht die Meinung einer einzelnen Person ist. Mein Mann sieht das genauso. Ebenso ein paar Eltern.

Mit bestem Gruß,

[redacted]

Herr Bier (sofern das überhaupt Ihr richtiger Name ist!),

ich schreibe Ihnen jetzt, damit Sie wissen, dass jemand, den Sie überhaupt nicht kennen, sehr sauer auf Sie ist. Ich erwarte von Ihnen, dass Sie das interessiert und dass Sie Ihren Fehler einsehen und sich bei mir entschuldigen.

Ihre »Geschichte« über das Ruhrgebiet strotzt nur so vor Lügen, falschen Darstellungen und Unverschämtheiten. Die Behauptung, das Ruhrgebiet wäre kulinarisch verwahrlost und hätte keine Spezialität zu bieten, ist eine bodenlose Frechheit. Wir haben der Welt Pommes Schranke, die Currywurst und die mit Pommes gefüllte Dönertasche geschenkt! Das werde ich nicht einfach so unter den Tisch fallen lassen!

Waren Sie überhaupt schon einmal im Ruhrgebiet? Anscheinend nicht, sonst würden Sie wissen, dass hier schon seit Mitte der Achtziger niemand mehr mit dem Pferdefuhrwerk zur Arbeit fährt. Auch Autos können sich die meisten Menschen hier leisten, und das sind bei weitem nicht ausschließlich diejenigen mit Abitur.

Was meine Heimat angeht, bin ich sehr empfindlich. Das hätte Ihnen klar sein müssen. Ich habe das Ruhrgebiet selten verlassen und habe mich nicht durch Italien, Österreich und diesen ganzen anderen exotischen Krimskrams versaubeuteln lassen. Darauf bin ich stolz. Wer sollte also ein objektiveres Bild des Ruhrgebietes haben als ich? Ich bin daher nicht gewillt, zwischen meinem Herkunftsort und meiner

Person zu unterscheiden, weshalb ich jede Kritik an Ersterem als Beleidigung Letzterer auffasse. Sie dumme Sau! Wie können Sie sich erdreisten, meine persönliche Befindlichkeit in dieser Frage einfach zu ignorieren? Ich habe für Ihr Buch immerhin Geld bezahlt! Und wenn ich für ein Buch Geld bezahle, dann kann ich doch wohl davon ausgehen, dass da nur Sachen drinstehen, mit denen ich einverstanden bin. Auch Sie als »Künstler«, für den Sie sich ja sicher halten, haben sich den Gesetzen der Marktwirtschaft zu beugen, und dazu gehört, seine Kunden nicht zu vergraulen und besonders nicht beleidigend zu werden. Aber das habt ihr faulen, selbstgerechten Ossis wohl immer noch nicht verstanden. Ihr kassiert lieber unser Geld, versauft es an der Trinkhalle, aber jammert darüber, wie schlecht es euch geht.

Ich habe meinen Einfluss als ehemaliger Kassenwart des Schalke-Fanclubs »Blaues G« genutzt und bereits dafür gesorgt, dass Sie im Ruhrgebiet keinen Fuß mehr auf den Boden bekommen werden. Außerdem behalte ich mir vor, Strafanzeige wegen Verleumdung zu stellen.

Sehr gut gefallen hat mir allerdings das Kapitel über München. Das ist wirklich die hinterletzte Drecksstadt. Machen Sie da mal weiter!

Grußlos,

[redacted]

Rainald Grebe, du mieses Arschloch,

warst du überhaupt schon mal in Brandenburg? Da fährst du besser auch nicht hin denn wir würden mit dir hier kurzen Prozess machen, du VOLLIDIOM!??!! Aber wir regen uns über solche Leute wie dich gar nicht!!! Das ist einfach unter unserem Nivau... DU DRECKSRATTE!!?! Deine »Unterhaltung« für arrogante Weststudenten brauch hier kein Schwanz und wenn ich dich SCHEISSFIGUR jemals hier treffen sollte zünd ich deinen Benz an. Und wer sich deine Jodelkacke und dein DRECKSGEREDE auf der Büne ansieht verdient auch nichts anderes. Da geh ich wirklich TAUSENDMAL LIEBER zu Achim Mentzel ins Autohaus!!!

Ein stolzer Brandenburger, der in seinem Leben mehr geleistet hat als alle ihr Bünenhopser der Republik zusammen.

P. S.: Waage es blos nicht mich in deiner Antwort zu duzen!!!

peter fox du hurenson ich weis genau du wohnst gar nich haus am see!!!?!! du wohnst zehlendorf du bastard scheis zehlendorf alter scheisbezirk ich bring dich um du hurenson!!!

Städtebeleidigungen III: Hannover

Nee, das wäre wirklich zu einfach.

Mentalitätskunde für leicht Voreingenommene

Ich kam um diese Feststellung nicht herum: Hier war es nicht anders. Der Kellner hatte mir vorgeworfen, alles viel zu ernst zu nehmen, aber mir kam es so vor, als hätte er damit eigentlich seine Landsleute beschrieben. Vielleicht war das wieder so eine seiner Verarschungsstrategien?

Der Grenzbeamte, der Rezeptionist, die Frau von der Einführungsveranstaltung: Keiner hatte sich auf eine komische Bemerkung einlassen wollen. Alle hatten sie nur leer gestarrt und nicht gewusst, an welchen Sachbearbeiter in ihrem Kopf sie die gerade gehörte Unernsthaftigkeit weiterleiten sollten. Sie waren ja hier bei der Arbeit, und Arbeit ist per se gar nicht komisch. Es hat eben alles seinen Platz: Die Bürokraten heften gern ab, und so hatte alles Komische seinen Abheftungsplatz im Bereich »Privates«. Für Scherze war in der Arbeitswelt niemand zuständig. Der Rollladen vorm Komikschalter war heruntergelassen, und alles Klopfen war umsonst.

Wobei ... das war ja alles gar nicht unernst. Der Student vom Gang hatte das schon sehr ernst gemeint, als er sagte, vom Früherkommen werde der Raum nicht größer. Aber es war eben komisch, und ein paar Leute hatten gelacht. Das hatte den Studenten in den Augen der Frau disqualifiziert. Komik wurde hier als das Gegenteil von Ernsthaftigkeit begriffen. Wo gelacht wird, kann keine Ernsthaftigkeit sein. Wo keine Ernsthaftigkeit ist, kann kein bedeutsamer Inhalt vermittelt werden. Und dann ist es nicht mehr weit zum bedeutungslosen Tanderadei, zur Unterhaltung. Da kann ich ja gleich in den Zirkus gehen. »Zat's not funny« schien das einhellige Credo zu sein. Das zeigte sich nicht nur im sozialen Umgang, sondern auch in der funktionalen Setzkastenarchitektur und in der Vorliebe der Menschen für Cargohosen und Anglerwesten: Sieht scheiße aus, aber verströmt die ernsthafte Aura harter Arbeit.

Ich ging nun öfter in die Taverne. Sie gefiel mir ganz gut: viel Holz, schwere, rohe Tische, ein bisschen Zeug an der Wand, aber alles schlicht und ohne viel Trara. Was hätte ich auch sonst tun sollen? Im Wohnheim herrschte Eiseskälte, und meine universitären Verpflichtungen hielten sich auch in Grenzen. Wegen völliger Undurchsichtigkeit des Studiensystems war die Vorlesung bei Professor Winkhallah meine einzige geblieben. Sie lief immer gleich ab: Der Assistent machte sich fünf Minuten mit organisatorischem Kram wichtig, dann wurde Winkhallah aus seinem Kabuff gelassen, durfte seine Kunststückchen machen und sperrte sich danach selbst wieder weg. Ich hatte sein Buch gekauft, das mit der Vorlesung fast völlig identisch war, und hatte mir vorgenommen, am Ende des Semesters eine Prüfung abzulegen – in irgendeiner der fünfzig möglichen Varianten. Einen Sprachkurs besuchte ich auch noch, was mir nach einiger Zeit erlaubte, ein bisschen mehr vom Fernsehprogramm oder von den Kneipenunterhaltungen zu verstehen. Der Kellner – er hieß Pablo, und dieser Vorname machte für mich das Rätsel um seine Biographie noch größer – heizte diese Diskussionen gern für mich an, damit ich was zu beobachten hatte. Und das hatte ich.

Oft saß ich an einem Tisch und las Zeitung, während neben mir eine Runde von drei oder vier Leuten ihr Feierabendbier trank und irgendwann ins Diskutieren kam. Die Taverne wurde von allen möglichen Leuten besucht, von Angestellten, Arbeitern, Studenten, auch Anzugträger tauchten hier auf. Was die Diskussionshaltung anging, waren die Unterschiede zwischen diesen Gruppen aber gar nicht so groß. Die Akade-

miker schmissen gern mit Zitaten oder Wissenschaftlernamen um sich und glaubten, damit etwas bewiesen zu haben (für irgendetwas musste diese ganze Lernerei ja auch gut gewesen sein). Wenn der große Gelehrte Weeszicke der Meinung war, Napoleon trüge eine maßgebliche Mitschuld am Ausbruch des Zweiten Golfkriegs, dann wird das ja wohl stimmen. Die weniger belesenen Menschen bemühten dafür keine Wissenschaftler, sondern die Autorität der Medien, die sie offensichtlich für unfehlbar hielten. »Das hab ich neulich erst gelesen« war ein beliebter Satz oder auch »Da hab' ich so 'nen Bericht im Fernsehen drüber gesehen«. Ach so. Ja, wenn das Fernsehen das sagt, dann stimmt's.

Diejenigen, die keine solchen Autoritätsargumente auf der Pfanne hatten, argumentierten am liebsten aus ihrer eigenen Biographie heraus und glaubten, weil sie selbst dies oder das erlebt hatten, weil sie Männer oder Frauen waren, dort aufgewachsen waren oder jenes gearbeitet hätten, käme ihren Bewertungen ein besonderer Rang zu. Deshalb dürften sich auch Leute, die Ähnliches nicht erfahren hatten, keine Meinung über dieses Thema erlauben oder hatten von vornherein unrecht.

Viel hielten die Leute aus: das ewige Chlorwasser, die marode Infrastruktur, die Polizei, den Staub überall. Aber am wenigsten ertrugen sie es, wenn jemand anderer Meinung war. Jeder schien ein Reizthema zu haben, und wenn man es ansprach, platzte er. Die Ernsthaftigkeit ging mit der Wut Hand in Hand, und es war nicht immer klar, was Ursache und was Wirkung war. Weil man so ernst war und das private Lieblingsthema so wichtig, wurde man beim Diskutieren irgendwann wütend. Andererseits benutzten manche auch den Satz »Das regt mich auf!« als Legitimation für ihre Tiraden und glaubten, allein ihre Wut wäre schon das sicherste Indiz dafür, dass sie recht hatten. Wenn dann einer am Tisch eine komische Bemerkung machte, rief das meistens Unmut und verdrehte Augen bei den Ernsttümlern hervor. Also bitte! Wir diskutieren hier gerade die Probleme der Welt, und er kommt mit Witzen daher. Wo bleibt denn da das Niveau?

Das Gebot der Ernsthaftigkeit ging mit einer anderen Eigenheit eine unheilvolle Allianz ein: der Besserwisserei. Hier lauerte in jedem Menschen ein Dozent, und der wollte raus. Einige Jahre zuvor hatte es hier einen Journalisten gegeben, der mit einer launigen Internetkolumne bekannt geworden war, in der er häufige Grammatik- und Semantikfehler auseinandernahm. Seine Bücher wurden Bestseller, und seine Lesungen fanden in immer größeren Hallen statt. Er war aber nicht deshalb so beliebt, weil sich seine Zuschauer so gern belehren ließen, sondern weil er ihnen vormachte, wie man andere belehrt.

»Seit dieser Typ aufgetaucht ist, wirst du ständig von irgendwelchen Dahergelaufenen korrigiert«, sagte Pablo. »Mir geht das auch so. Ich habe ständig den Drang, jemanden zu unterbrechen, wenn er ein Wort falsch benutzt. Der Typ hat hier alle gehirngewaschen.«

Die Könige der Besserwisser waren Menschen auf Mission. Sie hatten sich ein Thema gesucht, das für sie zum wichtigsten der Welt geworden war, und wer ihre Meinung nicht teilte, war dumm, trug zum Untergang der sozialen Schicht, des Landes oder der Welt bei oder beging sogar ein Verbrechen. Diese Taktik konnte auf fast alles angewandt werden, und die Missionare konnten überall im politischen Spektrum stehen (auch überall im nicht-politischen Spektrum: In der Taverne tauchte einmal ein Imker auf, der keine Honigschleudermethode neben seiner eigenen dulden wollte). Selbstverständlich stand jeder Missionarengruppe eine Anti-Gruppe gegenüber, die nicht weniger missionarisch war. Oft wurden allerdings auch Menschen der Mission bezichtigt, die zwar ebenfalls einen bestimmten Missstand für bekämpfenswert hielten und ihre Lebensweise danach ausrichteten, die aber weit davon entfernt waren, ihre Überzeugung mit der Knute durchzusetzen.

Tabil war so ein Missionar. Pablo nannte ihn nur den »Black Rider«, denn er trug immer eine schwarze Hose und einen schwarzen Kapuzenpullover, darunter oft ein schwarzes T-Shirt mit dem Logo irgendeiner Heavy-Metal-Band, für die sich seit den Neunzigern nur noch mittelalte Sozialpädagogen mit Motorradlederhosen interessierten. Sein Thema war die Diskriminierung von Inländern. Er glaubte, dass in Fragen der Xenophobie mit zweierlei Maß gemessen wurde, dass nämlich Fremdenfeindlichkeit gegen Ausländer – zumindest in gebildeteren Kreisen – allgemein geächtet sei, dass sich aber niemand am Hass auf Menschen aus anderen Gegenden des eigenen Landes störe. Besonders Menschen aus dem Süden und ganz besonders aus der Provinz Shavabakh würden gehasst werden wie Ratten oder streunende Hunde. Hier im traditionell von der Arbeiterschicht geprägten Nordosten würden alle Menschen aus dem Süden als reich, arrogant und spießig gelten. Allein das sei schon ein Rassismus, den aber offenbar niemand für verurteilenswert hielt. Seit verstärkt Shavabakh in diese Region zogen, wurden sie für alle negativen Entwicklungen verantwortlich gemacht, vor allem für die steigenden Mieten. Ab und zu kam es vor, dass ihre Autos und sogar ihre Kinderwagen angezündet wurden, und einmal wurde auch eine Taverne, von der es hieß, dass dort hauptsächlich Shavabakh verkehrten, mit Farbbeuteln und Stinkbomben beworfen.

Nicht einmal linke Politiker schreckten davor zurück, ihre Antipathie öffentlich kundzutun. Ein früherer Parlamentspräsident und stellvertretender Vorsitzender der Arbeiterpartei erregte sich in einem Interview darüber, dass diese Ortsfremden sich erdreisteten, eigene Bäckereien zu betreiben und dort Backwaren unter dem Namen zu verkaufen, wie er in ihrer Heimat üblich war. Diese Leute könnten sich doch ein bisschen anpassen, wenn sie schon ungerufen hierherkämen.

»It's racism«, sagte Tabil gern. »Don't tell me it's not! Hating somebody for where he is from is called racism. It makes me puke! Hating Africans is not good, but hating Shavabakh is okay, is it? Now tell me: Where's the difference?«

»I don't know. Perhaps they think that…«

»Don't tell me no shit, man! Are you defending these racist bastards?«

»No, no…«

»And everybody here thinks it's normal. Nobody talks about it. But I will not remain silent! You know what happened to me the other day? I went to the post office and the woman wouldn't give me my parcel because I'm not from this town.«

Tabil war flink im Urteil. Der Verdacht auf seinen Lieblingsmissstand reichte ihm schon als Beweis. Wer das anders sah, wer zur Vorsicht mahnte und meinte, man solle doch erst alle Aspekte prüfen, bevor man zur Verurteilung schritt, war selbst ein Shavabakhfeind. So hielt Tabil auch jedes Argument für gültig, solange es ihm in die Hände spielte, selbst wenn die dahinter stehenden Grundannahmen einem anderen seiner Argumente widersprachen. Das Argument selbst, die Frage nach seiner Logik und Gültigkeit, hatte keine große Bedeutung. Nur wer es anbrachte und worauf es zielte, war von Belang.

Konnte schon der Durchschnittsmensch nichts mit Humor anfangen, so stand Tabil ihm sogar feindlich gegenüber. Der Humor im engeren Sinn – die heitere Gelassenheit über die Dinge – wurde als gefährliche Verharmlosung begriffen, und manche lehnten sogar die Idee der Toleranz offen ab.

Pablo hatte das alles durchschaut: Er gab sich immer den Anschein, sehr ernsthaft zu argumentieren, brachte dabei aber den größten Nonsens hervor, und die Diskutanten nahmen das ernst und gingen sogar darauf ein. Daran hatte er ein diebisches Vergnügen.

Einmal schaltete er sich in eine Diskussion ein, in der über die Äußerung eines anwesenden Christen, der Mensch sei die Krone der Schöpfung, debattiert wurde. Das sei typisch menschliche Arroganz, sagten die Gegner dieser These, die am Tisch in der Mehrheit waren, und außerdem die Grundlage für die ökologische Ausbeutung.

Pablo argumentierte anders: Selbstverständlich sei der Mensch die Spitze der Evolution, denn er sei es gewesen, der die Zeichentrickserie »Die Simpsons« hervorgebracht habe. Kein anderes Wesen könne das von sich behaupten, deshalb sei der Mensch unerreicht.

Aber es gebe doch so viele Tiere, die dem Menschen in vielerlei Hinsicht überlegen seien, entgegnete jemand. Zum Beispiel hätten Wale ein soziales System entwickelt, das fast völlig ohne Aggressionen und Kampf funktioniere, was man vom Menschen ja nicht gerade behaupten könne.

Richtig, sagte Pablo. Das ändere aber nichts daran, dass es in der Welt der Wale keine Simpsons gebe.

Oder die einzeln sehr dummen Ameisen. Die wären als ganzes Volk dazu imstande, komplexe Bauten zu errichten, während der Mensch, wie man in dieser Stadt sehr gut sehen könne, schon am Plattenbau scheitere.

Ja, aber viel mehr als Haufen bauen und in einer Reihe laufen könnten Ameisen ja auch nicht. Außerdem sei ein Ameisenhaufen keine Folge Simpsons.

Aber vielleicht gebe es ja eine Tierart, die etwas den Simpsons Vergleichbares erschaffen hätte, was der Mensch nur nicht erkennen könne, weil er die Sprache dieser Tiere nicht verstehe.

Er habe nicht von Vergleichbarem gesprochen, sagte Pablo, sondern von den Simpsons. Die Gegner seiner These sollten hier nicht herumdeuteln und irgendwas an den Haaren herbeiziehen. Die Simpsons-Fähigkeit irgendwelcher Tiere lasse sich nicht herbeiargumentieren. Man zeige ihm den Graureiher, den Biber oder die Nordmanntanne, die eine Folge Simpsons produziert hätten, erst dann würde er seine These revidieren. Bis dahin sei immer noch der Mensch das höchstentwickelte Tier im Universum.

Jaja, sagte einer am Tisch, der bis dahin geschwiegen hatte, diese These kenne er schon. Die Behauptung, dass es die Kultur sei, die den Menschen über das Tier erhebt, sei ihm geläufig, aber sehr naiv, einfach widerlegbar und ein glänzendes Beispiel für überholtes Denken aus dem 19. Jahrhundert. Pablo möge nun mal genau zuhören: Sicher seien die Simpsons, Mozarts Requiem, die Sixtinische Kapelle und Shakespeares Werke herausragende Leistungen der menschlichen Kultur, und sicher hätte kein Tier Ähnliches vollbracht. Genauso seien aber Krieg, Kinderpornographie und Völkermord kulturelle Erscheinungen. Nur ein Zyniker könne also behaupten, dass die Kultur eine Höherwertigkeit des Menschen begründe.

»Nö«, sagte Pablo.

»Was nö?«, fragte der Diskutant.

Ob er es immer noch nicht verstanden habe, verflucht, sagte Pablo. Er habe nicht von Kultur gesprochen, nicht von Mozart oder Michelangelo, sondern von den Simpsons. Einzig und allein von den Simpsons. Die hätten kein einziges Menschenleben gekostet, sondern immer nur Freude, Erbauung und Belehrung unter die Menschen gebracht. Ob das jetzt klar sei.

Als Pablo nach zwanzig Minuten wieder aufstand, ließ er die Runde ratlos bis stocksauer zurück. Nur der Christ lächelte, obwohl er sich sicherlich eine andere Argumentation gewünscht hatte. Der Stocksaure lehnte auch den üblichen Schnaps ab, den Pablo danach brachte.

»Wie schaffst du es nur immer, dass alle am Schluss sauer sind?«, fragte ich Pablo einmal.

»Ich mach doch gar nichts«, sagte er. »Das muss an denen liegen.«

»Na gut, dann frag ich mal so: Wie schaffen die es nur immer, dass sie am Schluss alle sauer sind?«

»Ich hab da so 'ne Theorie«, sagte er.

Wenn dieser Satz fällt, sollte man eigentlich sofort die Flucht ergreifen, sofern man vom Rest des Abends noch etwas haben will. Wenn dann eine halbe Stunde später der Satz »Ich will dich echt nicht zutexten« fiel, war es meistens schon zu spät. Aber bei Pablo interessierte es mich wirklich.

»Die Leute stehen auf Wahrheit«, sagte er. »Wahrheit und Ehrlichkeit, das sind die höchsten Güter. Die Leute sind stolz darauf, dass sie so ehrlich sind. Mit seiner Meinung hinterm Berg halten, das ist was für Weicheier und Amis. Und Höflichkeit ist sowieso verlogen. Was glaubst du, warum die Gäste immer so irritiert sind, wenn ich sie so freundlich bediene?«

»Weil sie glauben, du führst was im Schilde.«

»Genau. Der Typ kennt mich doch gar nicht, wieso ist er dann so freundlich? Da stimmt doch was nicht. Du wirst hier auch immer eine ehrliche Antwort auf Fragen wie ›Wie geht's dir?‹ oder ›Wie seh ich aus?‹ bekommen. Da sind Besucher dann gern überrascht. Und genauso überrascht sind dann die Einheimischen, dass ein Ausländer ihre Ehrlichkeit nicht schätzt. Er hat mich doch gefragt, dann muss er auch mit der Antwort klarkommen.«

»Und warum werden die Leute dann sauer?«

»Weil es immer nur eine Wahrheit gibt: meine eigene. Ich bin doch völlig vorurteilslos und kann die Wahrheit am besten erkennen. Alle anderen interpretieren daran herum, ich beobachte nur. Deshalb gibt es auf jede Frage auch genau eine richtige Antwort. Alles andere ist falsch.«

»Ja und? Dann kann man sich doch zurücklehnen und denken: Ich kenne die Wahrheit, und ihr seid nur Trottel.«

»Nee, so denkt hier niemand. Die Wahrheit muss doch ver-

breitet werden. Nicht weil man das selbst unbedingt müsste, sondern um der Wahrheit willen.«

»Ach du je«, sagte ich.

»Doch, glaub mir«, sagte Pablo. »Is so.«

»Und wenn ich dir jetzt widerspreche?«

»Dann hau ich dir eine rein.«

Das wäre nur konsequent gewesen. Diskussion hier war nicht der Wunsch nach Austausch und Erkenntnis, sondern immer nur Kampf. Sehr erstaunt waren die Leute, wenn man ihnen einfach sagte: »Tja. Das siehst du so. Ich sehe es anders.« Es musste so lange diskutiert werden, bis einer einknickte und nur noch einsilbig antwortete, was der andere als Kapitulation begreifen durfte. Oder bis alle sauer waren und niemand mehr mit dem anderen redete. »Das weiß ich nicht«, »Damit kenne ich mich nicht aus«, »Darüber muss ich nachdenken« – diese Sätze gab es nicht. Jeder wusste genau Bescheid und hatte sofort die richtige Antwort parat und musste sie auch darlegen.

Letztendlich waren nämlich Diskussionen, gerade in größeren Gruppen, auch ein Forum für Selbstdarsteller. Oft konnte es passieren, dass ein Einzelner, der gerade den Drang nach Selbstdarstellung hatte, sich so in Wut redete und mit seiner sorgsam gezüchteten schlechten Laune eine ganze Runde von fünf Mann so in den Keller zog, dass der eigentlich ganz nette Abend am Ende furchtbar wurde. Der einzige Zweck schien zu sein, sich selbst als unglücklichen Getriebenen darzustellen, der an der Dummheit der Menschen verzweifelt. Man selbst war ja so intelligent. Und litt darunter. Weißte, ich habe es mir nicht ausgesucht, so zu sein. Man würde so gern verstanden werden, nur leider war man ja so kompliziert und verkorkst bis in die tiefste Seele. Insgeheim war man aber stolz darauf, dass einen niemand verstehen konnte. Das war das Los des einsamen Intellektuellen. Er wusste um die Gründe des Übels auf der Welt, aber niemand glaubte ihm. Eine wunderbare Rolle.

Irgendwie passte das alles auf die guten Ratschläge zur Selbstvermarktung, die uns die Einführungsfrau gegeben hatte. Zeigen Sie, was Sie können! Nutzen Sie jede Chance! Verkaufen Sie sich nicht unter Wert! Aber verkaufen Sie sich! War die Verachtung der Komik nicht sogar das angewandte Wirtschaftsdenken? Was bringt uns ein Lachen, wenn wir dadurch nichts gelernt haben, keinen Mehrwert davon haben? Wir lachen schon gern mal. Wenn's passt. Und wenn es uns zum Nachdenken anregt. Oder wenn uns das Lachen im Hals steckenbleibt, weil es so viel zum Nachdenken dahinter gibt. Dann schon. Aber doch nicht einfach so, ohne was dahinter. Ernsthaftigkeit dagegen bringt uns immer was: Wir können uns als fachlich kompetent und seriös darstellen. Auch ohne was dahinter.

*

»Aha«, sagt Lina.

»Kannst du eigentlich sonst noch was außer aha?«

»Hä?«, sagt sie. »Die Leute reden dir zu viel?«

»Nicht zu viel. Nur zu viel Zeug. Ich glaube, das ist schlimmer geworden in den letzten Jahren.«

»Tja, schwierig«, sagt Lina. »Das ist das übliche Problem: Man weiß nicht so genau, ob das früher anders war, oder ob man es früher einfach anders wahrgenommen hat.«

»Weißte, ich hab da so 'ne Theorie«, sage ich.

»Na, dann mal los. Interessiert mich immer total, wenn einer 'ne Theorie hat. Besonders nach zwei Bier nach zehn. Weiß auch nicht, warum die Leute immer erst mit ihren Theorien kommen, wenn sie schon leicht angetüdelt sind.«

»Die Theorie geht so: Die ersten beiden Sektoren sind stark geschrumpft, nicht wahr? Industrie und Landwirtschaft, also Branchen, die tatsächlich etwas produzieren, beschäftigen immer weniger Leute. Stattdessen arbeiten immer mehr im Dienstleistungssektor, also da, wo man gar nicht richtig überprüfen kann, ob überhaupt etwas produziert wurde. Irgendwo müssen die ganzen Leute ja beschäftigt werden, deswegen wird alles, was Dienstleistung, Organisation oder Management ist, so weit aufgeblasen, dass die Leute, die früher Arbeiter geworden wären, da ein Auskommen finden können. Es gibt aber gar nicht so viel zu organisieren und zu managen, weshalb die meiste Zeit mit Wind machen und sabbeln verbracht wird. Konzepte schreiben, Projekte pitchen, Webpräsenzen relaunchen und sicherheitshalber nochmal anrufen. Wegen jedem Scheiß ein Meeting ansetzen. Es wird nur viel Geld in den Äther geblasen, damit es aussieht, als würde da was passieren, und am Ende gibt's eine Powerpoint-Präsentation mit ein paar schicken Tabellen. Für die zahlt der Kunde ein horrendes Geld und erfährt dabei etwas, was er ohnehin schon wusste oder was er gar nicht braucht. Aber ihm geht's ja genauso: Er muss ja auch eine Tätigkeit vortäuschen, deshalb hat er einen externen Berater bezahlt, der ihm eine Tabelle zeigt. Irgendeiner beschließt dann irgendwas, und es ist ja eigentlich auch egal. Und dieser ganze Kram befördert die Geschwätzigkeit. Mehr als geschickt zu sabbeln muss man doch nicht können. Und wer am geschicktesten sabbelt, macht sich unentbehrlich. In einer Wirtschaft, in der viele Firmen gar nichts mehr verkaufen, sondern nur noch mit Fantasieprodukten handeln, muss man natürlich zusehen, dass man auf einem sicheren Stuhl landet. Kann ja sein, dass morgen meine Firma zur Hälfte wegbricht, würde ja auch niemand merken. Deshalb sitze ich lieber in der Hälfte, die noch fest ist. Und wer lange genug Quatsch sabbelt, der glaubt ihn am Ende auch. Man könnte ja gar nicht jeden Morgen da hingehen, wenn man nicht irgendwie glauben würde, dass es eine Berechtigung hat. Und deshalb werden Leergesabbel und Bullshit Bingo die Sprachen der Zukunft. Nix sagen, dabei ›kompetent‹ klingen und es selber auch noch glauben.«

»Hast du mir nicht gerade noch erzählt, dass es dir so auf den Nerv geht, wie aggressiv alle ihre Meinung vertreten?«

»Das eine ist privat, das andere dienstlich. Im Beruf heißt es: ›Ich werde mich zeitnah um eine nachhaltige Lösung bemühen.‹ Auf Deutsch: ›Weiß ich jetzt auch nicht so genau.‹ Im Privaten heißt es ›Is' doch so!‹.«

Lina guckt kritisch. Die Augenbrauen sind jetzt sehr weit oben.

»Du bist gerade sehr privat, was?«, sagt sie.

Ich zucke mit den Schultern.

»Merkt man«, sagt sie.

Alle meine Entchen

Wir leben in einer Zeit gesellschaftlicher Repression. Konnte noch vor dem Ersten Weltkrieg jeder Bürger seine Aggressionen oder Geltungsbedürfnisse ungehemmt ausleben, so sorgt heute eine rigide Moral für Verdrängung und Unterdrückung. Mein Urgroßvater durfte noch zu Zeiten der Weimarer Republik ungestraft auf der Straße Kinder, Schuhputzer oder Ausländer ohrfeigen. Es hat ihm nicht geschadet. Wer heute dagegen die persönliche Entfaltung im offenen tabulosen Streitgespräch sucht, wird als gewalttätig oder unbeherrscht diffamiert und zu psychologischer Behandlung genötigt, wenn nicht sogar strafrechtlich verfolgt. Ausdrücke wie Hurensohn oder Straßenschlampe, die noch in den Sechzigerjahren völlig üblich waren, wurden von fanatischen Sprachbereinigern in den Giftschrank gesperrt.

Zum Glück gibt es das Internet. Hier kann jeder Bürger das ausleben, was die selbst ernannten Moralhüter von '68 in ihrem autoritären Wahn verboten hatten. Bereits in Kommentarleisten auf YouTube kann sich der Streitfreund an ungezügelter Sprache, hemmungslosen Gewaltandrohungen und kreativer Rechtschreibung sowie Interpunktion erfreuen. Als Beispiel mögen hier die Kommentare zu einem siebzehnsekündigen Video dienen. Es handelt sich um eine einstrophige Version des Kinderliedes »Alle meine Entchen«, versehen mit dem Standbild einer Kinderzeichnung.

Alle meine Entchen schwimmen auf dem See, schwimmen auf dem See. Köpfchen in das Wasser, Schwänzchen in die Höh.

Katzenmutti

nettes video

Sannilein

oh wie süß

GilgameschHoexter

ich fand »fuchs du hast die gans gestohlen« besser

Opi2007

sehr schön gemacht.

marcus_machtnix

»Fuchs du hast die Gans gestohlen« ist nicht schlecht, aber »Alle meine Entchen« ist halt immer noch der Klassiker. Da kommt auch so ein neumodischer Kram wie »Schni-schna-Schnappi« nicht ran.

neversurrender08

fuchs du hast die gans gestohlen suckt. all hail alle meine entchen. wer was anderes behauptet ist ein idiot.

kurzwarenverkaeufer

Hast du dir das überhaupt mal richtig angehört?

MrDoingadoinga

Das dümmste was ich bei youtube geseehn habe

WTFjiujitsu

es heißt »auf« youtube.

querdenker92
du arschloch der das eingestellt hat! kann ja sein, dass ein paar entchen auf dem See schwimmen aber das heißt doch nicht dass die alle so sind!!!

Klaus_Uhltzscht
Doch die SIND alle so. ALLE Entchen schwimmen auf dem See. Das ist kein Vorurteil, das ist einfach eine TATSACHE.

mensch_sein
Ich werde sehr traurig, wenn ich sehe, wie hier von ein paar wenigen Entchen, die halt gerne auf dem See schwimmen, vielleicht weil sie im Leben keine bessere Chance gehabt haben oder weil ihre Eltern nicht in der Lage waren, ihnen bessere Möglichkeiten zu geben, auf alle Entchen geschlossen wird. Das scheint ein Denken zu sein, das in Deutschland um sich greift. Ich bekomme sehr große Angst, wenn ich sehe, in welchem Land meine Tochter aufwachsen muss.

6NAHL17
Lalalalala.

daskaenguruh
wie kommt der typ überhaupt darauf, dass das seine entchen sind? die entchen gehören sich selbst, so wie alle lebewesen.

SilberPfeilPilot
haha, entchen gehören sich selbst, ich lach mich weg.

daskaenguruh

Was ist daran so lustig?

bandeja_paisa

Ich lerne deutsch mit dieses Lied.

daskaenguruh

wem entchen gehören, dem gehören am ende auch menschen.

SilberPfeilPilot

Cool, mir gehören Menschen? Wer denn?

kernassitoni_forever

Deine Mudder!

loudandproud_wisconsin

thumbs up if you hate justin bieber.

ichmaletiere

Die Gewalt in der Welt wird erst dann aufhören, wenn die Menschen endlich verstehen, dass die Gewalt in der Welt erst dann aufhören wird, wenn wir auch den schwächsten Mitgliedern unserer Gesellschaft, den Tieren, das volle Recht auf Leben und Selbstbestimmung einräumen. Leider essen immer noch zu viele uneinsichtige und dumme Menschen Fleisch, halten Tiere oder beuten Tiere aus. Wer das tut, ist nicht besser als ein Mörder oder Sklavenhalter. Ich bekomme sehr große Angst, wenn ich sehe, in was für einer Welt mein Sohn aufwachsen muss.

poupoulecourouse
alle entchen gehören chuck norris.

marxlohgangsta
fuchs du hast die gans gestohlen soll besser sein? samma bist du behindert oder so die entchen ficken doch alle fücksе du hurensohn

martingehtdichnixan
Entchen ficken Füchse, also das würde ich echt gern mal sehen. Kannst du mir da mal einen Link schicken?

OurChiefWeaponIsSurprise
Thumbs up if you hate Justin Bieber.

backblech56
Endlich mal ne Fassung, wo der Teil »Schwänzchen in die Höh« mit korrekter Melodie gesungen wird ... DANKE

myfavoritete5ticle
Schwänzchen in die Höh, lol.

InevitableDOwnfall
Bitte keine Obszönitäten bei Kinderliedern.

myfavoritete5ticle
Wieso? Ich hab doch nur den Text wiederholt.

InevitableDOwnfall
Aber du hast »Schwänzchen« geschrieben.

myfavoritete5ticle
Ach so, soll ich besser Pimmel schreiben, oder was? OK: Pimmel in die Höh! lol

InevitableDOwnfall
Hey, hier lesen auch Kinder mit. Halt dich mal etwas zurück.

myfavoritete5ticle
Na und, haben Kinder keine Pimmel?

InevitableDOwnfall
Du raffst das nicht, oder?

lilablau_cloud
Ich bin selbst ein Kind und ich habe keinen Pimmel.

NeukoellnDieMacht
Neukölln die Macht wer darüber lacht wird umgebracht.

MVstruggler08
die armen kinder die sich das anhören müssen.

deraltedessauer63
du hattest wohl keine Kindheit... würden mehr Kids so was hören würden sie auf u-bahnhöfen keine Leute totschlagen!

MVstruggler08
hahaha ich und bahnhöfe leute tod schlagen. Lmao :)
hahaha selbst verraten depp

deraltedessauer63

Lmao? Was ist denn das? Es ist Fakt das die heutige Jugend völlig verkommt. schlechte Erziehung, versoffene Eltern, schlechter Freundeskreis etc. draußen rennen nur noch Idioten rum die mit 12 das erste mal schwanger sind und mit 14 das erstemal im Komasuff liegen. Ganz toll und über sowas freust du dich anscheinend noch ...

MVstruggler08

sag mal hasst du probleme oda so??? wiso ziehst du da meine eltern mit rein ??? geh dir mal hobbys suchen yaa !!! mann merkts wer hier schlechte kindheit hatte

ChaosChemiker88

Mir wurde selbst als Kind immer »alle meine Entchen« vorgesungen und ich habe nie Menschen auf dem U-Bahnhof totgeschlagen. Ich kann euch versichern: Es hilft!

FranKatzenjammer

thumbs up if you hate Justin Bieber

noizes_off

lol

gesellschaftlicheskonstrukt

thilo sarrazin fordert: singt euren kindern alle meine entchen vor, sonst werden sie später kriminell.

MittelmaessigerKlaus

Mir hat meine Mutter immer »Guten Abend, gute

Nacht« vorgesungen und ich habe auch nie jemanden totgeschlagen. Zumindest nicht im U-Bahnhof.

Herr_Shi-shmi
Ich habe hänschen klein gesungen aber wir haben in unserer stadt gar keine u-bahn.

PalindromeOfBolton
ich habe »fuchs du hast die gans gestohlen« vorgesungen gekricht, und habe leute auf dem u-bahnhof geschlagen, die daran aber nicht gestorben sind.

lenfercestlesautres
Ich musste im Französischunterricht immer »Frère Jacques« singen. Seitdem möchte ich Leute in Jacques Weindepot totschlagen.

butterflytearsNRW
Ich werde sehr traurig, wenn ich sehe, wie hier unschuldige Entchen für Gewalt verantwortlich gemacht werden. Es wird sich nichts ändern, solange die Menschen eines nicht verstehen: Nicht Entchen töten Menschen, Menschen töten Menschen. So lange sich an diesem Denken nicht grundsätzlich etwas ändert, wird die Welt kein besserer Ort werden. Ich bekomme sehr große Angst, wenn ich sehe, in welchem Land meine eigenen Entchen aufwachsen müssen.

ISogWiesIs_Schliersee
sarrazin hat recht! der ist ein guter mann der sollte bundeskanzler werden. dann wird jeder der nicht alle meine entchen singen kann in seine heimat abgeschoben.

Killah_oOo
waswas arschloch!? ich wohn doch schon wedding. wohin willst du mich noch abschieben?

drittastockreschts
ish finde auch das sarrazin hat rescht. wer nicht intigriert soll gehen wo herkomt oda keine geld mehr bekom von staht. Mit freundlische grüse, wolfram

ChezGuevara1996
Thumbs up if you hate Sarrazin.

MrWhiteYaw
sarrazin und buschkowsky schwimmen auf den see, kommt chuck norris und frisst sie alle auf.

KarlKolostrum
Kommt Rainer Brüderle an einen Ententeich und sagt: Sie können ja so einen Teich auch ganz gut ausfüllen.

LookImYourFather
Ich finde es sehr traurig, dass diese Entchen in deinem Land nicht länger verfügbar sind. Das tut mir leid.

Feierabend

Ist sie jetzt genervt? Ich dachte eigentlich, dass es zwischen uns doch egal sein könnte, ob wir nun eine Meinung über einen deutschen Rapper oder eine amerikanische Großstadt teilen oder nicht. Oder dass sie vielleicht zu meiner Theorie was zu sagen hat. Hab ich sie da falsch eingeschätzt? Vielleicht ja, vielleicht nein. Vielleicht habe ich aber auch einfach nur zu viel geredet.

Ich hatte gehofft, ich würde sie nach diesem Abend etwas besser kennen. Von sich selbst erzählt sie anscheinend ungern, was ich ihr erzähle, nimmt sie eher hin, anstatt darauf einzugehen, und gibt nur schnippische Kommentare ab. Die gefallen mir allerdings ganz gut. Das war auch der Grund, warum ich sie ganz interessant fand, damals vor zwei Wochen, als wir uns auf einer langweiligen und etwas verklemmten Akademikergeburtstagsparty kennengelernt haben. Da hat sie mir den Abend gerettet mit ihrer flinken Zunge und ihrem Sarkasmus. Da konnte ich ihr einen Brocken hinwerfen, und sie hat sich sofort draufgestürzt, ihn auseinandergenommen und mir den nächsten Brocken hingeworfen. So ging das hin und her. Jeder andere hätte in unserer Unterhaltung Beleidigungen oder Provokationen gesehen, für uns dagegen war es wie Tennis.

Was ich überhaupt nicht ertrage, sind Frauen, die am liebsten für immer Mädchen bleiben wollen: niedlich sein, vielleicht mal schmollen und die Unterlippe vorschieben, wenn man ihnen kein Eis kauft, aber ansonsten Daniel Brühl gut finden und ein Lieblingscafé in Barcelona haben. Denen spielt man einen Ball zu, und sie sagen: »Wie soll ich den denn erwischen? Ich bin doch so klein.« Es gibt tatsächlich auch noch Dreißigjährige, die dieses Prinzessinnenspiel spielen. Oft erscheinen sie im gleichen Gewand wie die zwanghaften Positivler. Menschen, die sich nicht trauen, ein negatives Urteil zu fällen, wenn ihnen etwas nicht gefällt. Die man nachts im Industriegebiet zwischen stillgelegten Fabriken und verlassenen Currywurstbuden aussetzen kann, wo sich Schlägerbanden und Autoschieber treffen, und die dann trotzdem noch sagen: »Ach, das hat ja hier seinen ganz eigenen Charme.« Denen spielt man einen Ball zu, und sie sagen: »Ich glaube, du spielst den absichtlich so, dass ich ihn nicht kriegen kann!«

Das genaue Gegenteil ist allerdings auch nicht besser: Frauen, die Selbstbewusstsein mit Aggressivität verwechseln und erst mal auf Krawall aus sind.

»Hallo, wie geht's dir?«

»Geht dich das irgendwas an, du Vogel?«

Die fangen den Ball, zerstechen ihn und sagen: »Hier wird nicht Ball gespielt!«

Kurz: Menschen, die eine Stimmung zum Prinzip erhoben haben – sei es Ärger, Freude oder Daniel Brühl –, kommen mir unecht vor. Lina ist zum Glück nichts davon. Glaube ich zumindest.

Aber vielleicht gefällt sie mir auch wegen etwas anderem. Es gibt Eigenheiten, für die ein Mensch nichts kann und die wahrscheinlich auch keine Rückschlüsse auf seinen Charakter zulassen. Wie sich jemand bei alltäglichen Handgriffen bewegt, die Stimme und die Sprachmelodie, die Form des Mundes, wie jemand auf einem U-Bahnsitz sitzt oder beim Hetzen durch den Bahnhof schaut, die Textur der Haare, die Grundstellung der Gesichtszüge. Wie sie spricht, wenn ihr etwas wichtig ist, und wie sie spricht, wenn sie weiß, dass ihr etwas eigentlich wichtig sein sollte, ihr aber ziemlich egal ist. Das ist bei den meisten Menschen normal bis langweilig. Anderen will man lange dabei zusehen, wie sie eine Halbe zum Mund führen oder sich mit einem Plastiklöffel Nudelsalat auf einen Pappteller laden.

Dann glaubt man zuerst, dass sie viel dafür trainiert haben, in diesem Moment genau so auszusehen, ohne dass die Mühe dahinter erkennbar ist. Auf den zweiten Blick merkt man aber, dass es sie noch nie Mühe gekostet hat, denn sie sind einfach so. Dann denkt man: »Das gibt es ja in echt.«

Ich fürchte, Lina hat mich da gekriegt.

»Ich zahl jetzt mal«, sagt sie.

Alle Sympathie nützt aber nichts, wenn sie zu erkennen gibt, dass das bei ihr anders aussieht. »Ich zahl jetzt mal« ist ja wohl eine deutliche Ansage. »Wollen wir mal gehen?« wäre neutral und ließe Raum für Interpretation. »Komm, wir gehen« wäre schon fast eine Einladung. Die deutlichste Ablehnung wäre »Ich gehe jetzt nach Hause«, denn in diesem Satz schwingt die unausgesprochene Fortsetzung mit »... und das solltest du jetzt auch tun«. »Ich zahl jetzt mal« ist aber fast genauso hart. Kein »wir«, nur Fakten: Ich zahle jetzt meinen Teil und gehe. Du kannst ja noch sitzen bleiben. Oder deinen Teil bezahlen und auch nach Hause gehen. Ist mir relativ egal.

Schade. Echt schade. Na ja. Vielleicht treffen wir uns in ein paar Wochen nochmal. Vielleicht haben wir heute nur einen schlechten Abend erwischt. Es ist halt schon ein Unterschied, ob man auf einer Party mit einer zufällig anwesenden Person zwischen Tür und Angel Konversationsbadminton spielt, oder ob man sich zu zweit verabredet und weiß, dass es jetzt ernst wird. Vielleicht gebe ich mir das nächste Mal etwas mehr Mühe, mir weniger Mühe zu geben.

»Zusammen oder getrennt?«, fragt der Kellner.

»Zusammen«, sagt Lina.

*

Zwar lag die Taverne selbst etwas abseits, mein Weg dorthin führte mich aber durch eine belebte Innenstadtstraße. Die üblichen Essensverkäufer standen alle fünfzig Meter hinter ihren längs halbierten Ölfässern und hatten ihre Produkte zu Präsentationszwecken aufeinandergeschichtet. Labberige, mit Käse überbackene Backwaren, die schon beim Vorbeilaufen nach Fett rochen, wurden von einem Bäcker angeboten, der tatsächlich Dič hieß. War das lautmalerisch gemeint? Berge von zerhacktem und in verschiedene Formen wieder zusammengesetztem Fleisch und eimerweise Soße, die man passenderweise Tunke, hier wohl aber besser Tauche nennen sollte: zum Drübergießen, damit man vom Fleisch, das ja eigentlich nur Trägermasse ist, nicht so viel schmeckte. Bei dieser Menge an tragbarem Essen kamen mir zwei Gedanken: War den Einheimischen ihre Nahrungsaufnahme wirklich nur ein solch technischer Vorgang, dass sie sie am liebsten schnell im Gehen erledigten? Und: Was würde passieren, wenn man alle Essensverkäufer entfernen würde? Würden die Einheimischen dann nervös werden, weil sie glaubten, sie müssten verhungern? An Ausflugsorten oder Sehenswürdigkeiten musste es auch immer etwas zu essen geben, sonst war es den Einheimischen den Ausflug nicht wert. Hohe religiöse oder lokale Feste wurden gefeiert, indem man einfach das Nahrungsangebot im öffentlichen Raum durch das Aufstellen von Buden erhöhte.

In der Straße lagen auf hundert Metern allein vier Läden, die Anglerwesten und Cargohosen verkauften. Wofür brauchte man eine solche Auswahl an Anglerwesten und Cargohosen? Sicher waren diese Kleidungsstücke recht praktisch, aber wie groß konnten die Unterschiede schon sein? Und wenn sie wirklich groß waren, brauchte man sie? Ich wusste es nicht, aber die Einheimischen glaubten, sie brauchten das alles dringend. In der Taverne hatte ich schon einige Male Leute gehört, die sich über die Vorzüge ihrer Anglerwesten oder Cargohosen unterhielten. Es gab vier große Produzenten, die sich gegenseitig mit technischen Spielereien zu übertrumpfen versuchten. Zur Zeit war die Kevlar-Einlage der letzte Schrei. Vielleicht waren Cargohosen und Anglerwesten aber auch nur eine Art Hobby, ein bisschen was zum Angeben und ein Thema, bei dem jeder mitreden konnte.

»Ich hab mir die neue ›Mountain T4‹ geholt.«

»Boah, geil! Ist das die mit dem eingenähten Kompass im Bund?«

»So isses! Ist echt total praktisch. Ein Blick, und schon weiß ich, wo Norden ist.«

»Hammer! Aber im Moment ist die mir noch zu teuer. Da warte ich lieber ein halbes Jahr, dann kostet sie nur noch die Hälfte.«

In der Taverne war viel Betrieb. Tabil saß mit einer Gruppe Shavabakhsympathisanten am Tisch und war guter Dinge.

»Was feiern die?«, fragte ich Pablo.

»Letzte Woche wurde ein Shavabakh von einem Ortsansässigen zusammengeschlagen.«

»Das wäre für die doch eher ein Grund zur Randale.«

»Nein, nein. Der Angriff wurde bei der Polizei als fremdenfeindliche und politisch motivierte Straftat registriert. Eigentlich feiern die, dass sie jetzt auch offiziell unterdrückt werden.«

Tabil kam auf mich zu.

»My friend«, sagte er.

O nee, bitte nicht so.

»Come sit down with us. We have traditional shavabakh Opsa-talla.«

»You have what?«

»Liquor. It's good for you. Come on.«

Der Black Rider hatte mich nach unserem allerersten Gespräch nicht mehr richtig gegrüßt, immer nur leicht den Mund verzogen, wenn er mich gesehen hatte. Aber das war hier ja so etwas Ähnliches wie ein Gruß. Ich setzte mich zu ihnen an den Tisch.

»We people from Shavabakh are friendly people. Not like people here in the north«, sagte Tabil. »We like to share our liquor.«

»People say we don't share what we have«, sagte ein anderer. »But this isch not true.«

»Prejudice!«, sagte ein Dritter. Alle brummten Zustimmung. Tabil schenkte aus, reichte jedem ein Glas, und wir tranken. Ich fühlte mich bemüßigt, ihre Freundlichkeit zu erwidern, und sagte:

»I like Shavabakh.«

»Have you been there?«, fragte Tabil.

»Äh … no.«

Er lachte und schlug mir auf die Schulter. Sofort entspann sich eine Diskussion, wo ich doch bitte hinfahren und was ich mir dort ansehen sollte. Ein Mann mit dicker Hornbrille sagte, sein Heimatort habe die schönste Altstadt der ganzen Region, woraufhin einige am Tisch grummelnd widersprachen. Na gut, diese Altstadt sei schon schön, sagte ein anderer, aber nur in seinem Heimatort gebe es diese echte, originale, einzigartige kulinarische Spezialität, von der ich nicht verstand, was es war. Außerdem sei man von dort schnell in der nächstgrößeren Stadt. Ein junger Mann im karierten Hemd sagte, er habe die ganze Tiefkühltruhe voll mit selbstgeschossenem Hirsch aus Shavabakh. Wenn ich wollte, könne er kurz nach Hause radeln und mir ein Kilo mitbringen. Das dauere eine halbe Stunde, höchstens vierzig Minuten. So guten Hirsch hätte ich noch nie gegessen. Im Übrigen habe er den Hirsch genau am Kopf getroffen. Das hätte ich sehen sollen: Das Geweih sei in hohem Bogen davongeflogen, harharhar! Es dauerte zwanzig Minuten, bis ich ihn davon überzeugt hatte, dass ich mich sehr geehrt fühlte, dass das in meinem Fall aber sinnlos wäre, weil ich im Studentenwohnheim nicht die Möglichkeit hatte, sein Hirschfleisch würdig zuzubereiten.

Er habe auch noch einen besonderen Schnaps, sagte Tabil, zwar nicht selbst geschossen, aber probieren sollte ich ihn trotzdem. Wie sich nun herausstellte, hatte Tabil eine Art Tragegestell aus Holz dabei, in dem sechs Flaschen verschiedener Schnäpse standen. Die werde ich doch hoffentlich nicht alle probieren müssen?

»This one! You have to try this one«, sagte Tabil und schenkte ein.

»It'sch very good«, sekundierte der Bebrillte.

Drei Schnäpse probierte ich. Ich verstand nicht genau, woraus sie gebrannt waren, aber sie waren wirklich ausgezeichnet. Danach musste ich passen. Zu viel Schnaps ist nicht gesund, deshalb bestellte ich ein Bier.

Pablo war gut in Fahrt. »Ich habe heute schon drei Tischgesellschaften verwirrt«, sagte er, als er mir das Bier brachte.

»Ach ja?«, sagte ich.

»Ja. Und mit den Jungs, mit denen du hier am Tisch sitzt, habe ich so lange diskutiert, bis einer von ihnen gesagt hat, dass er das eigentlich ganz gut findet, dass ihr Landsmann vermöbelt wurde.«

»Manchmal wundere ich mich, dass hier überhaupt noch Gäste herkommen, so wie du drauf bist«, sagte ich.

»Ach, die wollen das doch nicht anders.«

Pablo sammelte ein paar leere Gläser ein und ging wieder

weg. Die Shavabakh waren mittlerweile in ihre Mundart verfallen und schienen über irgendetwas zu diskutieren. Selbst wenn ich die Landessprache perfekt gesprochen hätte, dieser Dialekt wäre mir sicher unzugänglich geblieben. Viele Zischlaute stießen sie aus, und eine Armada an Diphthongen vernebelte das, was wohl in der Hochsprache mal einzelne Vokale gewesen sein müssen. Gut, dass Tabil nicht hören konnte, was ich gerade über seine Sprache dachte, sonst wäre er bestimmt empört aufgesprungen.

Die Tür knarrte, und ich sah hin. Es gibt Menschen, die sieht man instinktiv an, sobald sie einen Raum betreten, während man die Gegenwart anderer nicht einmal bemerkt, wenn sie in Flammen stehen. Hier kam ein raumfordernder, selbstsicherer und leicht übergewichtiger Mann in den Raum und forderte durch seine Anwesenheit Beachtung. Es war Gary.

Fuck! Muss das denn jetzt noch sein? Er setzte sich an den Tresen und bestellte etwas. Pablos Onkel servierte ihm ein Bier. Was denn, was denn? Ich dachte, der Weg zur Freiheit des Geistes führt einzig und allein über dessen unvernebelte Klarheit. Peyote oder irgendwelche Pilze, das wäre für Gary in Ordnung gewesen, weil er darüber sicher mal ein Buch eines südamerikanischen Drogenethnologen gelesen hat, aber doch kein Alkohol.

Ich sah, wie Gary mit dem Wirt redete. Aber der sprach doch gar kein Englisch. Ich konnte ihn von hier nicht verstehen, aber er sprach immer ein paar Sätze, Pablos Onkel zuckte die Schultern oder antwortete zwei Wörter und sah dabei hilflos aus, und Gary fuhr fort.

Ich sah durch den Raum. Ein üblicher Freitagabend: die meisten Tische besetzt, das übliche durchmischte Publikum. Da saß ein Mann, dem der Oberlippenbart fehlte. Alles an ihm lief eigentlich auf einen Oberlippenbart hinaus: seine Kleidung, seine Frisur und die Art, wie er schaute und sich bewegte. Ganz schön inkonsequent von so jemandem, dann den letzten Schritt zu verweigern. An einem anderen Tisch saß ein älterer Mann, der seiner Kleidung nach Geistlicher war. Er guckte durch den Raum und verzog ab und zu das Gesicht. Offenbar war er im Zwiegespräch mit sich selbst. Dort saß ein Typ, dessen Gesicht ein bisschen nach James Hetfield, aber auch ein bisschen nach Peter Maffay aussah. Und da kamen auch wieder zwei Polizisten herein und wurden vom Wirt begrüßt. Diesmal servierte er ihnen Bier. Wahrscheinlich hatten sie Feierabend.

Hinterm Tresen, etwas über Kopfhöhe neben dem Schnapsregal, hing ein Porträt des Staatspräsidenten. Wer machte denn so was? War das Pflicht, dass das hier hing? Dass es in manchen undemokratischen Ländern Gesetz war, in öffentlichen Gebäuden ein Bild des Führers aufzuhängen, hatte ich schon mal gehört. In der Uni aber hatte ich kein solches Bild gesehen. Oder beschränkte sich die Bildpflicht in diesem Land nur auf Tavernen, damit man den Präsidenten nicht mit unangenehmen Behördengängen und Bürokratie assoziierte, sondern lieber mit Feierabend, Freude und Bier? Das wäre wirklich ganz schön geschickt von ihm. Eigentlich verwunderlich, dass noch niemand auf diese Idee gekommen war. Oder waren Pablo und sein Onkel einfach Präsidentenfans? Und wieso war mir das Bild noch nie aufgefallen?

Darunter hing ein gutes Dutzend Fotos, die Pablo oder seinen Onkel mit verschiedenen Männern und wenigen Frauen zeigten. Einer war seinem geschwollenen Gesicht nach ein Boxer, einer sah aus wie ein Obdachloser, der früher mal viel Geld verdient hatte, und andere wie Schauspieler oder Fußballer, einer auch wie ein provinzieller Kleinkrimineller. Ein weiteres Porträt hing daneben, dem Gesicht nach war es ebenfalls ein Politiker. Leider war aber seine Signatur unter dem Bild unleserlich, so dass ich nicht herausfinden konnte, wie er hieß.

An der gegenüberliegenden Wand hing ein Spiegel mit Jack-

Daniel's-Logo, wie man ihn früher gern in der Heimbar hängen hatte. Darin spiegelte sich die Spitze eines Fernsehturms. Sie war weiß-rot gestreift, und ganz oben blinkte ein rotes Warnlicht. Sieht ja aus wie zu Hause, dachte ich. Dann erst fiel mir auf, dass ich mich nicht erinnern konnte, in dieser Stadt einen Fernsehturm gesehen zu haben. Ich sah aus dem Fenster und versuchte, den Turm zu finden, der sich in dem Spiegel reflektierte, aber es gelang mir nicht. Ich sah wieder zum Spiegel. Die Spitze war noch da und blinkte.

Würde mir die Taverne fehlen, wenn ich wieder nach Deutschland zurückmusste? Wie lange hatte ich hier eigentlich noch? Und wie lange war ich schon da? Es kam mir vor wie eine halbe Ewigkeit, obwohl der Zustand, mich hier fremd zu fühlen, nie aufgehört hatte. Manche Eigenarten erschienen mir immer noch zu seltsam. Leute, die einen anguckten, als sei man grün und hätte Antennen auf dem Kopf. Einzelhändler, die überrascht schienen, dass jemand ihren Laden betrat und etwas wollte. Menschen, seien es Angestellte oder sogar Studenten, die um ihre Knechtschaft kämpften, als ginge es um ihr Heil. Landesteile, in denen man offensichtlich nicht einfach einen Dialekt, sondern eine andere Sprache sprach (erstaunlich eigentlich, dass es hier keinen Separatismus gab). Leute, die das Vorurteil, sie seien geizig, dadurch widerlegen wollten, dass sie ihren eigenen Schnaps in die Kneipe mitbrachten. Leute, die es für völlig normal und sogar wünschenswert hielten, nicht in Individuen, sondern in Ständen und Korporationen zu denken. Vielleicht hielt man dieses Land auch nur aus, wenn man eine anständige Stammkneipe hatte.

Ich sah wieder zum Tresen. Jetzt hatte Gary Pablo erwischen können und redete auf ihn ein. Wenn Pablo auch ihn mit seinen Tricks in die Enge argumentieren wollte, musste er aber einen langen Atem haben. Gary gehörte zu denen, die nicht merkten, wann sie mattgesetzt worden waren. Noch war Pablo in der neutralen Zuhörhaltung. Er stand hinterm Tresen und hatte sich rückwärts gegen das hintere Regal gelehnt, die Arme verschränkt. Gary glaubte, in ihm einen Zuhörer gefunden zu haben, und gestikulierte viel beim Reden.

»Now, my friend. One more?«, fragte Tabil.

Ich hatte zwar keine Ahnung von den Sitten in Shavabakh, aber wahrscheinlich war es eines dieser Länder, in denen es eine Beleidigung war, eine Einladung auszuschlagen. Niemandem die Fußsohlen zeigen, Schuhe beim Betreten des Hauses ausziehen, dargebotene Gegenstände immer mit beiden Händen in Empfang nehmen, so Zeug halt. Ich konnte aber keinen Schluck mehr trinken.

»Sorry«, sagte ich. »I've had enough.«

Klang das vielleicht etwas zu harsch?

»No problem. Then it'sch more for us«, sagte der Bebrillte.

Irgendetwas, das man über die Shavabakh sagte, stimmte und irgendetwas nicht.

»Zo a-shay asderek!«, hörte ich vom Tresen. Pablo stand immer noch zurückgelehnt und mit verschränkten Armen dahinter, hatte aber einen steinharten Blick auf Gary gerichtet und sprach laut mit ihm. Er klang wie ein fluchender Autofahrer im Berufsverkehr. Ich verstand nur ein paar Brocken:

»... dey dum khey ... besto da shef ... do mez geshevets ...«

Offensichtlich hatte Pablo den Spieß umgedreht. Die Tirade dauerte fast eine Minute. Gary ließ den Mund offen stehen und sagte nichts.

»Vasku xu!«, sagte Pablo. »Hasto mikh fastan? Zolikh vi dahol?«

Gary starrte ihn an. Ein paar Sekunden lieferten sie sich einen staring contest. Gary verlor, nuschelte etwas, nahm sein Bierglas und setzte sich an einen freien Tisch in eine Ecke.

Dass ich das noch erleben durfte! Pablo hatte das geschafft, woran alle im Studentenwohnheim bislang gescheitert waren, *die Erstbezwingung des Mount Gary. Ohne Sauerstoffgerät und Sherpa.*

Ich winkte Pablo zu mir an den Tisch. Wenn ich jetzt aufgestanden wäre, hätte Gary mich entdeckt und sich wahrscheinlich sofort auf mich gestürzt.

»Darf's noch was sein?«, fragte Pablo.

»Nee. Aber was hast du denn mit dem Typen da angestellt?«

»Kennst du den?«

»Kennen? Alter, ich muss mir mit dem eine Wohnung im Studentenwohnheim teilen.«

»O Kacke!«, sagte Pablo. »Jetzt verstehe ich auch, warum du dauernd hier herumhängst.«

»Was hast du ihm denn gesagt?«

»Willst du's wirklich wissen?« Pablo setzte sich mir gegenüber an den Tisch. »Ich hab ihm gesagt, dass er ein bräsiger, saturierter Wohlstandsphilosoph ist.«

»Das war doch nicht alles. Du hast fast eine Minute auf ihn eingeredet.«

»Stimmt. Wir sind eigentlich noch nicht quitt. Warte mal, ich geh noch mal rüber.«

»Um Gottes willen, nein!«, sagte ich. Pablo lachte.

»Ich habe ihm gesagt, dass er wie ein verwöhntes Einzelkind aus einer stinkreichen Familie klingt: Vater Industrieller oder staatlich protegierter Schwerverbrecher, Mutter leicht alkoholische Parkettdame, chronisch gelangweilt und ohne besondere Ambitionen. Er ist wegen Dummheit von fünf Privatschulen geflogen, hat drei Klassen wiederholt, aber keinen Abschluss. Seine Eltern haben geglaubt, er wäre hochbegabt und würde sich im Unterricht langweilen, dabei war er einfach nur stinkend faul und hat es nicht ertragen, sich von Lehrern sagen zu lassen, was er tun soll. Hat geglaubt, er wäre der King und alle hätten zu tun, was er sagt – war er ja von zu Hause so gewohnt –, und wenn irgendwas schiefgelaufen ist, waren auf jeden Fall

alle anderen daran schuld. Aber der Herrenausstatter, das Restaurant und das Autohaus, die sein Vater für ihn gekauft hat, damit der Junge endlich mal lernt, Verantwortung zu übernehmen – um die hätte er sich besser mal kümmern sollen, anstatt immer nur bis zwölf zu pennen und dann im Laden zu erscheinen und da den Dicken zu markieren. Chef spielen konnte er immer gut, aber mehr leider auch nicht, deshalb haben sie ihm nach ein paar Monaten immer wieder den Laden unterm Arsch weggepfändet. War aber nicht so schlimm, Papa hat ja dann einen neuen gekauft. Vielleicht wäre es aber besser gewesen, wenn sie ihn nach der letzten Pleite wirklich wegen Insolvenzverschleppung eingebuchtet hätten, dann hätte er mal erlebt, wie es einem wie ihm im Knast so geht. Aber Vati hat seine Beziehungen spielen lassen, und da musste er dann doch nicht in den Knast, hat Bewährung bekommen, darf aber kein Gewerbe mehr betreiben. Deshalb sitzt er jetzt lieber am Tresen und quatscht Leute voll mit seinen Eso-Lebenshilfe-Drecksweisheiten, die er sich aus irgendwelchen Büchern zusammengesponnen hat. So Zeug, das nur Neunzehnjährige kurz vorm Auslandsjahr in Indien lesen oder alternde, dümmliche Frauen mit Welterklärungssehnsucht im Endstadium. Passt ja auch super für ihn: Jetzt kann er Leute von oben herab behandeln, ohne arbeiten zu müssen. Und mit seinem Besitzlosigkeitsquatsch hat er die Faulheit zum Prinzip erhoben und kann sich obendrein einbilden, allen anderen überlegen zu sein. Wenn's ihm zu blöd wird, kann er ja immer noch zu Papa gehen, der wird ihm schon eine Fünfzimmerwohnung mit Whirlpool kaufen. Im Grunde ist er aber ein tief unglücklicher Mensch, denn eigentlich ist er nie damit klargekommen, dass seine Eltern nie stolz auf ihn waren, dass sie ihn nie geliebt haben, wie er ist, sondern ihre Zuneigung immer nur an seine Leistung geknüpft haben, die er aber nicht bringen wollte und konnte.«

Ich verstand nicht so recht.

»Äh … kennst du ihn?«, fragte ich.

»Nein«, sagte Pablo. »Ihn nicht. Aber solche Leute kenne ich. Das war jetzt mal ein Schuss ins Blaue, aber irgendetwas scheine ich ja getroffen zu haben.«

»Und er versteht die Sprache so gut?«, fragte ich.

»Der ist doch von hier«, sagte Pablo. »Oder nicht? Für mich klang der wie ein Einheimischer.«

Auch das noch! Und ich hatte ihm den internationalen Studenten abgenommen. Außerdem war ich so naiv gewesen zu glauben, ich könnte ihm mit Vernunft beikommen. Hör mal, du, das musst du doch einsehen, ich will ja nur, dass wir uns gut verstehen. Pablo legte einfach an, drückte ab und traf. Wie machte der Typ das nur? Er musste jemanden nur ansehen und wusste intuitiv, wie er ihn erwischte. Eine Intuition, die Gary gerne gehabt hätte.

Die Wut hatte tatsächlich auch positive Aspekte, wenn man sie zu benutzen wusste. Manchmal war es eben sinnvoller, die Sache mit einer flotten Beleidigung oder einem Schlag auf die Nase zu erledigen, anstatt endlose Diskussionen zu führen, die am Schluss nur einen faulen Kompromiss brachten, der de facto nichts veränderte. Aber war das wirklich eine Besonderheit hier?

Jemand rief etwas, das wie »Arschloch!« klang. Ich sah auf. Das war einer der Polizisten, und es galt offenbar dem Pfarrer, der gerade deutlich angetrunken das Lokal verließ und gegen den Barhocker des Polizisten gestolpert war. Dabei hatte der Polizist sein Bier verschüttet. Der Pfarrer drehte sich um und röhrte etwas, machte eine ruckartige Geste, die ich nicht kannte, die aber kein Kreuzzeichen war und die er bestimmt auch nicht als Segnung meinte, und schlurfte aus dem Lokal. Der Polizist rief ihm etwas hinterher, hielt es aber nicht für nötig, seine Amtsgewalt anzuwenden. Auch dann nicht, als sich der Pfarrer draußen umständlich auf ein Fahrrad setzte und ohne Licht wacklig davonfuhr. Der Wirt schreckte auf, rief etwas und lief aus dem Laden.

»Hihi, der hat noch nicht bezahlt«, sagte Pablo.

»Ich weiß nicht«, sagte ich. »Vielleicht ist das hier alles doch nicht so anders als in Deutschland.«

»Ach komm«, sagte Pablo. »Merkste das auch langsam, ja? Ich dachte, das wäre mittlerweile offensichtlich.«

»Wie meinst'n das?«

»Ich hab's dir schon mal gesagt: Du bist hier in Deutschland.«

»Echt? Dann kann ich ja auch einfach in eine Kneipe gehen.«

»Tust du doch gerade.«

»Ja, aber ohne diese schlechte Laune. Mit Gelassenheit, wo auch mal was egal ist. Ohne aufpassen zu müssen, dass ich nicht aus Versehen das Lieblingsthema von irgendwem anspreche, der dann von mir erwartet, dass ich mir seine Meinung anhöre und ihm auch noch recht gebe. Ohne diese Angeberei und die Besserwisser.«

»Das gibt's in Deutschland nicht?«, sagte Pablo. »Willst du mir ernsthaft erzählen, dass du das alles in Deutschland nie erlebt hast? Weil da alle so easy drauf sind und immer die Sonne scheint oder was?«

»Ach so … nee …«, stammelte ich.

»Merkste selbst, ne«, sagte Pablo.

»Ja … Aber dann vielleicht, ohne dass es mich stören muss.«

»Leute gibt's überall«, sagte Pablo. »Hat das was damit zu tun, in welchem Land du in der Kneipe sitzt?«

Ich kratzte mich am Kopf. »Nee. Wahrscheinlich nicht. Es kommt wohl drauf an.«

»Worauf?«

»Mit wem ich da sitze.«

»Und worauf noch?«

»Auf mich wahrscheinlich. Oder?«

»Na also«, sagte Pablo und schenkte mir einen Schnaps ein. Wo hatte er jetzt das Glas und die Flasche her? Na gut, diesen einen noch, aber dann musste Schluss sein. Mir war schon etwas anders. Ich sollte nicht mehr trinken, um anderen Leuten einen Gefallen zu tun. Wir stießen an und tranken.

Als ich das Glas abstellte, fiel das Bild des Präsidenten von der Wand. Dahinter hing ein Rudi-Völler-Poster von der Weltmeisterschaft 1990.

»Ist ja lustig«, sagte ich.

»Was ist lustig?«, sagte Pablo. Er hatte auf einmal einen Schnauzbart und trug einen grauen Trachtenjanker und eine Elblotsenmütze. Ich drehte mich um. Alle trugen Trachtenjanker und Elblotsenmützen. Ich auch.

Von allen Tischen flogen Konversationsfetzen:

»Simmer domma ehrlich, es ist doch so!«

»Ach was? Jetzt kommt's raus!«

»Also, ich finde …«

»Was? Das ist meine Meinung!«

»Ja, schön. Nur weil du eine Meinung hast, hast du aber noch nicht recht.«

»Halt doch einfach mal …«

»Willst du einen Maulkorb holen? Hol doch einen Maulkorb!«

»Das hab ich nicht gesagt.«

»Aber gedacht!«

»Wenn sich da einer auskennt, dann ja wohl ich.«

»Nee, ich finde nicht.«

»Da gibt's nichts zu finden!«

»Doch, ich finde schon.«

»Das kann ich mir nicht vorstellen.«

»Deine Vorstellungskraft ist leider kein Maßstab für die Realität.«

»Ich will hier mal eines festhalten: Ich habe es von allen am schwersten!«

»Lass mich bitte ausreden!«

»Ja weißte, es gibt auch noch Leute, die müssen richtig arbeiten für ihr Geld.«

»Kein Wunder, dass du das sagst, du hast ja selber Schuhgröße 42!«

»Ach was? Hast du etwa was gegen 42er?«

»Weil das so IST, du Depp. Raff es halt endlich mal!«

»Ich werde mich nicht …«

»Nur weil DU …«

»… kann ich doch auch nichts für, wenn er so …«

»… doch nicht von jemandem erzählen lassen, der nicht mal … «

»ICH habe schon immer …«

»Is' einfach so!«

Der Kartonbringer erschien in der Tür und rief durch den ganzen Raum: »Trachtenjanker! Günstige Trachtenjanker! Auch gebraucht!«

»Gibt's keine Mützen heute?«, fragte jemand.

»Hältst du mich für den Mützenhändler?«, sagte der Kartonbringer. »Willst du mich beleidigen?«

Jetzt erkannte ich auch die Männer auf den Fotos. Der Boxer war Axel Schulz, der Penner war Helge Schneider, und der Kleinkriminelle war Martin Semmelrogge. Nur den Politiker erkannte ich immer noch nicht, das austauschbare Kompetenzgesicht hätte jeder sein können. Dafür konnte ich jetzt die Bildunterschrift erkennen. Es war kein Autogramm, sondern ein Wahlspruch: »Arbeitslosigkeit ist die Strafe für zu viel Spaß in der Jugend!«

Gary trug auch einen Trachtenjanker. Nur war seiner nicht grau, sondern orange. An seiner Brust hing ein Button mit der Aufschrift: »Ich bin bestimmt nicht so, wie du mich einschätzt.« Statt einer Elblotsenmütze trug er eine Prinz-Heinrich-Mütze.

Pablo schien der Tumult nicht zu stören. Er nahm einen Schluck Bier und wischte sich den Schaum aus dem Bart. Ich zog meinen Trachtenjanker aus und setzte die Mütze ab.

»Hey! Hier gilt Dresscode, du Lümmel!«, rief mir Pablos Onkel zu.

»Ich gehe jetzt«, sagte ich zu Pablo.

»Wo willst du denn schon noch hin?«

»Ich geh jetzt. Ich spiele nicht mehr mit. Ich mache das anders. Ich … treff mich noch … mit jemand. Jemandem.«

»Wenn du so stotterst, ist es eine Frau«, sagte Pablo.

»Aber Pablo, ich wollte dich noch was fragen: Warum sprichst du eigentlich so gut Deutsch?«

»War schön, dass du da warst«, sagte Pablo. »Aber jetzt wäre es wirklich besser, wenn du gehst.«

Tabil hatte eine Gitarre in der Hand und stellte einen Fuß auf den Stuhl:

»Deshalb singe ich jetzt dieses Lied über Berlin ohne Berliner. Achtung!«

»Dit is' doch hoffentlich nur 'n Witz«, rief jemand.

»Nein, das meine ich ernst«, sagte Tabil.

Ich stand auf, nahm meine Jacke, mit der ich gekommen war, von der Stuhllehne und ging aus der Tür.

»Dann verzieh dich doch«, rief der Wirt mir hinterher. »Ohne Janker und Mütze hast du hier sowieso nichts verloren!«

Ich ging aus der Tür.

Es ist noch taghell. Ich drehe mich nochmal um. Über der Tür der Kneipe steht: »Taberna ad hominem«. Das ist mir noch nie vorher aufgefallen.

Direkt gegenüber der Kneipe, halb in einen Hauseingang gedrückt, verwandelt sich ein Werbeflyermaskottchen wieder zurück in einen Menschen. Der unrasierte Mann unter dem Kostüm hat eine ähnliche Figur wie der Bär, als der er sich verkleidet hat. In seinem Mundwinkel hängt eine Zigarette. Ich starre ihn an. Als er mein Starren bemerkt, hält er kurz inne:

»Ja, glaubst du, mir macht das Spaß?«, sagt er mit halb heruntergelassenen Bärenhosen.

»Kann ich mir kaum vorstellen«, sage ich. »Aber wünschen würd ich's dir trotzdem.«

Ich gehe los. Nach fünfzig Metern biege ich in die Fußgängerzone ein. Ein paar Leute sind noch unterwegs, Einzelhändler, die gerade den Kassenschluss gemacht haben, oder Leute, die noch schnell etwas eingekauft haben und jetzt einen kleinen Umweg nehmen, um sich noch ein bisschen von der lauen Luft anhauchen zu lassen. Nach Ladenschluss ist es hier eigentlich ganz erträglich.

Die üblichen Auslagen, in denen tagsüber schlechtes Essen zu Präsentationszwecken aufeinandergeschichtet liegt und einen in allen Farben anschreit, sind leer und unbeleuchtet. Weg sind die triefenden Pizzastücke, die frittierten Tierkadaverteile, die belegten Brötchen mit zu viel Remoulade, die ihren Belag zur Hälfte heraushängen lassen und bei deren Anblick ich immer an zwei Sachen denken muss: an die heraushängende Zunge eines Schäferhunds an einem heißen Tag und an überschminkte Frauen, die offensiv ihre Brüste präsentieren, damit jeder schon mal sieht, was er bekommt. Belegte Brötchen in deutschen Fußgängerzonen sind eine Obszönität. Aber leider eine, an der man sich nicht erfreuen kann.

Auf hundert Metern liegen allein vier Läden von Mobilfunkanbietern: Vodafone, O2, E-plus, Telekom. Alle mit einer Auswahl an Mobiltelefonen und Tafelcomputern, die an Belästigung grenzt. »Für jede Lebenssituation das richtige Gerät«. Gott sei Dank! Ein Smartphone für die Hosentasche, ein Tablet für Auto und Bahn, ein Laptop für »anspruchsvolle Anwendungen« und ein Gerät, das irgendwo zwischen

Telefon und Tablet liegt und das man auch aus irgendeinem Grund brauchen soll. Wenn man wirklich alle diese Geräte mit sich herumtragen soll, kann man eigentlich nur noch in Cargohose und Anglerweste aus dem Haus gehen. Irgendwo muss man das Zeug ja schließlich hinstecken.

Außerdem eine Drogerie mit ihren fünfundzwanzig laufenden Regalmetern Frauenshampoo und fünf Sorten Männershampoo, der Body Shop mit dem gleichen Zeug, nur teurer und auf Handarbeit, gesund und fair gehandelt gemacht, H&M, Apotheke, McPaper, Ein-Euro-Laden, Automatencasino, Tabakladen, Kaffeeladen, die regionale Bäckereikette, Buchladen, Eiscafé, Pizzeria, Bank und ein lavendelfarbener Laden, in dem man günstig Dessertschalen und Windlichter kaufen kann. Ich brauche euch nicht, ich bin verabredet.

Ich biege in eine Seitenstraße ein und stehe vor der ausgemachten Kneipe. Drei Minuten nach neun. Perfekt. Nicht zu früh, was auf Nervosität und damit auf Überbewertung dieses Treffens schließen ließe. Aber auch nicht so spät, dass es das Gegenteil bedeuten oder unhöflich wirken könnte.

Kneipenbetretungslässigkeit an und auf die Tür. Lina sitzt an einem Tisch und sieht mich hell an.

»Na«, sagt sie, als ich herantrete. »Hastes ja gefunden.«

Nachspiel hinter dem Theater

Ja, äh … also, wer war alles da? Es war so: Da war so ein kleiner, dicker Berliner, der sich als Ignaz vorgestellt hat. Dann so ein Typ, von dem niemand wusste, wie er hieß, der aber am meisten geredet hat. Ich war natürlich auch da, aber ich hab eigentlich nur so ein bisschen zugeguckt. Und der … der Max. Der Max? Ja, freilich ist der Max noch gekommen. Wir haben uns ja noch gefragt: Kommt er noch, oder kommt er nicht? Hätte ja leicht sein können, dass er gar nicht kommt. Aber der Max war schon dabei.

Also, es war so: Der Namenlose hat irgendwo – ich glaube, auf seinem Dachboden oder so – eine Kommode gefunden. Also, so ein Ding mit ganz vielen Schubladen. Ein Riesenteil! Das hat er uns gezeigt. Und wie er uns das also zeigt – er hat so ein bisschen Brimborium drum gemacht und ein paar Witze dabei erzählt und so –, da hören wir Rufe aus den Schubladen. Also zieht er ein paar Schubladen auf. Ich hab gedacht, ich sehe nicht recht. Da liegen in den Schubladen so Leute drin. Also, zwar ganz klein, und manche haben auch ein bisschen komisch ausgesehen, aber sonst voll funktionsfähige Leute.

In der Schublade, wo »USA« draufstand, lag so ein dicker Mann mit einer riesigen Knarre im Hosenbund. In anderen Schubladen lagen zum Beispiel ein Pirat, aber der hatte den Haken auf der Schulter und den Papageien als Prothese an der Hand. Dann ein Schweizer, der in der einen Hand einen Skistock hatte und in der anderen einen Hirtenstab. Dann ein Mann und eine Frau in der Schublade »Ehepaar über fünfzig«, wo der Mann immer so dreckig gelacht hat, und die Frau hat immer gesagt: »Wolfgang, du bist heute wieder unmöglich!«

Und dann einer, der war, glaube ich, Kioskbetreiber, der hat nämlich immer gesagt: »Fünfsiebzsch ... Tütodergehtso? ... Dangge ... zweiachtzsch ... Tütodergehtso?«

Der Namenlose hat sich da auch so ein bisschen drüber lustig gemacht. Da sagt er zum Beispiel zu dem Schweizer: »Na? Im Sommer Schafhirte, im Winter Skilehrer, was?«

Und der Schweizer hat gesagt: »Cha! Zisch dr rapperfutter chwätterblitti heidümdö dr churtobler xi.«

Das fand der Namenlose total lustig. Dieser Ignaz hat auch ein bisschen gelächelt. Der Max hat nur danebengestanden und nichts gesagt. Der machte irgendwie auch den Eindruck, als wär er zu schlau für uns.

»Howdy«, hat der Amerikaner dann gesagt. Fand ich auch ein bisschen doof, dass der ausgerechnet »Howdy« sagt. So was gibt's doch gar nicht. Als ob die alle Howdy sagen. Der Namenlose fand das wohl komisch.

Jedenfalls der Ami so: »Lass mich dir eines sagen: Ich gehe lieber durch die Hölle und zurück, anstatt mich von irgendwelchen ehrlosen Hundesöhnen in eine Schublade stecken zu lassen. Man sollte diesem räudigen Kojoten, der das mit uns gemacht hat, eine Lektion erteilen, die er so schnell nicht wieder vergisst.«

»Genau!«, hat da ein Mann mit Zwirbelbart gerufen. Der lag mit dem Rest der Band »De Höhner« in der Schublade »Kölner Karneval«. »Wir werden immer nur auf unsere Karnevalsauftritte reduziert. Dabei machen wir auch Bewegungstheater mit Ausdruckstanzelementen. Aber das passt der Journallje ja wieder nicht in den Kram.«

»Ich bin hier eigentlich ganz zufrieden«, hat da der Jürgen Drews gesagt. Der lag nämlich in der Schublade mit dem Etikett »Schlagerprolet«.

Dann war da noch ein Mann mit einer E-Gitarre um den Hals, der hat gesagt: »Also, grundsätzlich find ich's auch nicht schlecht, in einer Schublade zu liegen. Ich fühl mich aber in der Schublade ›Punkrock‹ falsch. Kann mich mal jemand richtig einsortieren?«

»In welche Schublade gehörst du denn?«, hat der Namenlose gefragt.

Da sagt der Gitarrenmann: »Post Punk Emo Riot Core mit Anleihen aus dem Melodic Nu-Metal.«

Die Schublade gab's aber noch gar nicht. Da musste der Namenlose erst mal eine leere suchen. Und wie er so sucht, zieht er eine Schublade auf, und da lag eine ganze Stadt drin. Mehrere Städte, um genau zu sein. Also, ich hab ja jetzt nicht so viel gesehen in meinem Leben, aber das konnte selbst ich erkennen: Solche Städte gibt's doch gar nicht.

Ich frage noch: »Was machen denn die Städte da?«

Sagt er nur: »Pfff … is' doch nur 'n Joke.«

Ich sag noch: »Mensch, das musst du doch auch in die Schublade ›Ist nicht so ernst gemeint‹ stecken. Sonst versteht das doch keiner.«

Boah, da war aber sofort was los. Auf einmal ist dieser kleine, dicke Berliner, dieser Ignaz, der vorher kaum was gesagt hat, richtig ausgerastet. Dass es noch so weit käme, warum man denn jedem alles erklären müsste, und warum man in Deutschland die ganze Welt für dumm hält. Oder ob denn wirklich alle so dumm wären, denn dann könnte man mit der Kunst ja gleich ganz aufhören und sich am besten vergiften.

Warum wir uns denn dann hier überhaupt treffen, hab ich da gefragt.

»Was weiß denn ich?«, hat der Berliner gesagt. »Ich find's auch ein bisschen überflüssig.«

»Na komm, Alter«, hat der Namenlose da gesagt. »Du bist doch auch einer, der gern mal den Erklärbären spielt.«

»Was mach ich?«

»Du hast selbst gesagt: ›Ich hebe den Vorhang auf und sage: Seht!‹. Das ist doch wohl der Erklärbär, wie er im Skripte steht.«

»Ja, aber doch nicht im gleichen Atemzug«, hat der Berliner gesagt. »Entweder ich produziere, oder ich kommentiere. Beides gleichzeitig ist doch deutsches Theater mit deutschen Untertiteln. Aber ich fürchte, das scheint man in Deutschland irgendwie zu mögen, damit da bloß niemand was falsch versteht. Der deutsche Mensch hat eben keinen Humor.«

Da musste ich dann aber doch mal was sagen und hab gesagt: »Das ist doch 'n Klischee. Platte Stammtischparole!«

»Was willst du?«, hat der Berliner mich gefragt.

Da hab ich dann mal genauer formuliert, damit mich jeder versteht: »Zu behaupten, ein Volk hätte eine bestimmte Eigenschaft, ist ganz unterstes Stammtischniveau.«

»Was soll die Scheiße jetzt wieder?«, hat es da aus einer Schublade gerufen. Ich hab mich total erschrocken. Wir haben ein bisschen gebraucht, bis wir die Schublade gefunden haben, aus der das kam, und da stand drauf: »Dumpfe Ressentiments, Vorurteile, Klischeedenken, Stereotype, Cordhut, Schäferhund«.

Zieht der Namenlose die Schublade auf, da drin sitzen vier Männer und vier Frauen an so einem Holztisch, und drauf steht ein großer Aschenbecher in so einem Metallgestell mit einem Schild: »Stammtisch«.

»Was soll das?«, hat einer der Stammtischleute da gesagt. »Aus der Tatsache, dass sich eine Gruppe von Menschen regelmäßig in einer Gaststätte trifft, lässt sich doch nicht auf eine Geisteshaltung schließen. Wir haben es langsam satt, dauernd als die Heimstätte der geistigen Beschränktheit zu gelten, nur weil wir gerne zusammen ein Bier trinken.«

»Ich habe euch da nicht einsortiert«, hat der Berliner da gesagt. »Das war der da«, und zeigt auf mich.

»Ach was! Dann bist du derjenige, der eigentlich in die Vorurteilsschublade gehört, mein Freund!«, hat der Stammtischbruder gesagt.

War ich natürlich sauer. Ein Stammtisch finde ich schon, dass der da reingehört. Das weiß man doch. Aber ich doch nicht. Gesagt habe ich aber dann: »Ich finde, niemand gehört in eine Schublade.«

»Ohne Schubladen gibt's keinen Witz«, hat der Berliner gesagt. »Ein Witz besteht eben daraus, dass jemand in der falschen Schublade liegt.«

»Schlechter Witz!«, hat da der Post-Punk-Dingsbums-Mann gerufen.

Sagt der Berliner wieder: »Wenn einer bei uns einen guten Witz macht, dann sitzt halb Deutschland auf dem Sofa und nimmt übel.«

»Könnte man so sagen«, hat der Max da gesagt. »Ich habe hier mal eine Karikatur gemalt.«

Da schien der nur drauf gewartet zu haben. Der hat ja die ganze Zeit keinen einzigen Ton gesprochen. Dann holt er ein Blatt Papier raus, auf das er ein Bild gemalt hat: Ein Mann und eine Frau mit Trachtenjanker und Elblotsenmütze sitzen auf einem Sofa und kneifen die Augenbrauen zusammen. Und darunter stand: »Deutscher Humor ist, wenn man trotzdem nicht lacht«.

»So ein Quatsch«, hab ich da gesagt. »Das gibt's doch gar nicht in echt.«

»Ach was!«, hat der Max gesagt. »Deswegen ist es ja eine Karikatur, du Witzbold.«

»Ich find das aber nicht so gut. Das ist doch eine einseitige Steigerung eines oder einiger Gesichtspunkte.«

»Richtig«, hat der Max gesagt. »Soll ja auch so sein.«

»Aber halb Deutschland?«, hab ich gefragt.

»Nein, natürlich nicht halb Deutschland«, hat der Ignaz gesagt. »Ich muss übertreiben und bin meinem tiefsten Wesen nach ungerecht. Ich blase die Wahrheit auf, damit sie deutlicher wird.«

»Na, Erklärbär?«, hat der Namenlose da gesagt.

Der Max hat ganz erstaunt geguckt und hat mit dem Finger auf den Berliner gezeigt:

»Jetzt weiß ich, wer du bist! Du bist gar nicht der Ignaz, du bist der Kurt.«

»Kurt, Ignaz, Peter, Theobald, Kaspar«, hat der Berliner gesagt. »Kannst dir einen Namen aussuchen.«

»Das gefällt mir«, hat der Namenlose gesagt. »Kann ich mir das an die Wand hängen?«

»Aber bitte, gern«, hat der Max gesagt und ihm das Bild geschenkt.

»Super«, hat der Namenlose gesagt. »Dann kann ich das jeden Tag sehen und mich fragen: Bin ich auch schon so weit?«

»So ist es gedacht«, sagte da der Max. »Das ist kein Abbild, das ist ein Instrument.«

»Jetzt bist du aber der Erklärbär«, hat der Kurt-Ignaz oder wie auch immer gesagt.

»Ist ja auch mein Beruf. Deutend verstehen und ursächlich erklären. Haste vielleicht schon mal gehört.«

»Haben wir jetzt alles geklärt?«, hat der Namenlose gefragt. »Können wir jetzt vielleicht was trinken? Ich hab da einen Beaujolais. Aber *so* einen Beaujolais!«

»Entschuldigung«, hat der Max gesagt. »Muss man da einen Beaujolais saufen? Habt ihr keinen Sechsämtertropfen?«

»Dass bei dir auch immer dauernd getrunken wird«, hab ich noch zu dem Namenlosen gesagt. »Und immer Schnaps. Das war schon beim letzten Treffen so.«

Ich bin dann gegangen, die Veranstaltung war sowieso fast zu Ende.

Ich hab dann zu Hause mal auf meinen eigenen Dachboden geguckt. Da stand tatsächlich auch eine Kommode. Hatte ich lange nicht mehr angefasst, das Ding. Da lag zum Beispiel noch die SPD in der Schublade »links«. Wenn ich Zeit hab, mach ich da mal Entrümpelung. Im Sommer oder so. Wenn ich mal Zeit hab.

Nach Hause

Wir treten auf die Straße und wenden uns nach links Richtung Fußgängerzone. Wo gehen wir denn jetzt hin? »Gehen wir mal«, hat sie eben gesagt, die Augenbrauen auf halber Höhe. Was heißt das jetzt genau? Ich weiß es nicht. Auf der anderen Seite der Fußgängerzone gibt es jedenfalls eine Straßenbahnhaltestelle, von der ich sicher irgendwie nach Hause kommen kann. Und solange sie nicht fragt, wo wir hingehen, gehe ich zur Straßenbahn.

Zum Glück gab es kein Gewürge beim Zahlen. Das wäre jetzt noch extrapeinlich gewesen. Sie hat bezahlt, und ich habe ihr einfach fünfzehn Euro hingelegt, was etwas mehr als die Hälfte war und noch ein bisschen Trinkgeld dazu. Sie hat etwas irritiert geguckt und »Ach so …« gesagt, aber ich habe gleich gesagt, dass das schon okay ist und sie das mal nehmen soll. Ich lasse mir doch von ihr keine zwei Euro rausgeben! Wenn die Frau darauf besteht, das wirklich ganz genau auszurechnen, habe ich immer das Gefühl, dass sie auf gar keinen Fall in meiner Schuld stehen will. Um Gottes willen, er hat zwei Euro mehr bezahlt als ich! Nicht dass er jetzt denkt, er könnte sich deswegen sonst was erlauben. Aber so hätte ich Lina auch nicht eingeschätzt. Aber was waren meine Einschätzungen heute schon wert?

Wir kreuzen die Fußgängerzone. An der nächsten Ecke müsste ich links abbiegen.

Anscheinend liegen hier doch ein paar Kneipen in der Nähe, denn ein bisschen Volk ist auf der Straße unterwegs.

Ein paar angeheiterte Kneipengänger kommen uns entgegen. Ganz vorne, an der nächsten Straßenecke, stolpern vier Typen über ihre eigenen Füße und schubsen sich ein bisschen.

»Tobi, komm jetzt mal«, ruft einer.

»Moment, äy«, lallt Tobi, stellt sich vor einen Blumenkübel, der zum Außenbereich eines schon geschlossenen Restaurants gehört, und öffnet die Hose.

Na toll. Und ich laufe hier mit Lina entlang. Der seltsame Moment, in dem man nicht weiß, ob man die Szene jetzt kommentieren soll oder besser so tut, als würde sie nicht geschehen. Den Pikierten spielen? »Igitt, diese widerlichen Besoffenen«? Oder besser einen flotten Spruch machen: »Boah, was'n Strahl« oder so?

Der Erste der vier läuft an uns vorbei. Gelscheitel, randlose Brille, hellblaues Hemd. Er spricht so laut, als würde er im Eisenwalzwerk arbeiten:

»Sorry, der Kollege is' steinhagel. Stern … hä … Steinhäger, haha! Der Kollege is' Steinhäger … huahua!«

»Jaja, is recht«, sage ich im Vorbeigehen. Lina scheint das weder zu schockieren noch zu interessieren.

»Tobi, du Bauer! Da kommen Leute«, ruft ein anderer. Die Leute sind wir.

»Smirdogal«, sagt er und fängt an zu singen: *»Gaudeamus igitur, iuvenes dum sumus.«*

Es fängt an zu plätschern. Sofort singen seine Kollegen mit: *»Post iucundam iuventutem, post molestam senectutem.«*

Latein singen, aber auf die Straße pissen. Bildung bringt doch nichts. Gar nichts.

Als wir auf seiner Höhe sind, grinst Tobi uns an:

»Was gibt'sn da zu gucken? Wer saufen kann, muss auch strullen können. Problem?«

»Nö«, sage ich. »Kann ich voll verstehen. Wenn ich mit so Vögeln wie euch unterwegs wäre und morgen wieder zum BWL-Studium müsste, würde ich mich auch besaufen.«

Er guckt, scheint zu überlegen und sagt schließlich: »Was, äy?«

Er würde gern eine bedrohliche Bewegung machen, aber dann pullert er sich ein. Reichlich dünne Rhetorik für einen Lateiner.

An der Tür des Restaurants macht es klack-klack, und der Wirt tritt heraus. Er hat einen langen Gegenstand in der Hand.

»Faccia di culo, was soll die Schaise?«

»O fuck«, lallt Tobi und versucht einzupacken, ohne sich einzusauen.

»Pass du auf du«, ruft der Wirt. »Ich komme und pisse in deine möblierte Zimmer, du Arschloch!«

Tobi ergreift die Flucht und läuft seinen Kollegen hinterher.

»Sorry, der Kollege ist Steinhäger«, ruft der eine wieder und lacht, als ob jemand einen guten Witz gemacht hätte.

»Stronzo«, sagt der Wirt und schließt die Tür wieder hinter sich.

»In so 'ner Gegend treiben wir uns nachts herum, wo Leute in 'nen Blumenkübel pissen«, sage ich.

»Tja ...«, sagt Lina.

Spitze! Jetzt ist die Stimmung endgültig im Keller. Danke, Tobi, du Vollspacken. Die letzten fünfzig Meter zur Straßenecke schweigen wir.

Hier ist der point of no return.

»Ich geh hier zur Straßenbahn«, sage ich und zeige nach links.

Keine Ahnung, ob hier überhaupt noch was fährt. Aber jetzt die »Hach, ich weiß gar nicht, wie ich nach Hause kommen soll«-Nummer zu bringen wäre ein bisschen armselig. Ich dränge mich nicht auf. Ich werde doch nicht das Klischee des notgeilen Mannes bedienen, der glaubt, nur dass die Frau ihn einen Abend lang am Kneipentisch ertragen hat, bedeute schon ihre Bereitschaft zu einer anschließenden gemeinsamen Unternehmung, die deutlich über den Kneipentisch hinausgeht. Es obliegt dem Manne nicht, selbst zu entscheiden, wo er schläft. Da impliziere ich lieber, dass ich jetzt nach Hause gehe. Wenn sie sich etwas anderes vorgestellt hat, kann sie ja jetzt Einspruch erheben.

»Ich gehe jetzt zu mir nach Hause«, sagt Lina.

Shit! Na gut. Ist recht. Ich hab's verstanden.

»Jou«, sage ich.

»Ich muss jetzt hier lang«, sagt sie und zeigt nach rechts. »Ich wohne gleich dahinten links um die Ecke.«

Ja, ich geh ja schon. Mach bitte die Sache nicht noch offensichtlicher, als sie schon ist.

»Tschüss«, sage ich. »Schee war's gewesen.«

»Bis bald«, sagt sie.

Na, wenigstens das. Das ist die Erlaubnis, in zwei Wochen mal per SMS ein neues Treffen vorzuschlagen.

»Genau. Bis bald«, sage ich.

Ich umarme sie flüchtig. Ihr jetzt nur die Hand zu geben wäre vielleicht doch etwas zu distanziert. Ich bin ja nicht beleidigt oder so. Nö. Kann man nicht sagen.

Ich wende mich um und gehe die Straße hinunter. Die Straßenbahnhaltestelle ist an der nächsten Kreuzung. Gewürge beim Abschied ist fast noch schlimmer als Gewürge beim Bezahlen. Ich mache das lieber flott und ohne Rumdruckserei. Schade. Echt schade.

Die Straßenbahnhaltestelle ist leer. Entweder ist hier gerade eine Bahn gewesen, oder es fährt nichts mehr. Ich setze mich auf die Bank. Mit meinen kalten Fingern drehe ich eine ungelenke Zigarette und zünde sie an.

Schon seltsam alles. Erst ist sie nett, dann genervt, dann lacht sie mit mir, dann ist sie wieder genervt. Trotzdem sagt sie »bis bald« beim Verabschieden und lächelt. Irgendwas passt da nicht rein. Aber vielleicht muss ich das auch gar nicht verstehen.

Erst jetzt sehe ich die Anzeigetafel. »Betriebsschluss«. Halb zwei, kein Wunder. Da werde ich wohl nach Hause laufen müssen. Ich sehe mich um. Wo muss ich eigentlich lang? Wo bin ich eigentlich? Ich kann mich auch gar nicht erinnern, wie ich hierhergekommen bin. Die Straßenecke kommt mir bekannt vor, obwohl ich mir sicher bin, noch nie hier gewesen zu sein. Der Treffpunkt war Linas Idee, und ich bin dafür in eine Gegend der Stadt gekommen, in die es mich vorher noch nie verschlagen hatte. Ein Unterzentrum, eine Kleinstadt in der Großstadt mit eigenen Institutionen, die aber trotzdem überall gleich waren: Fußgängerzone, Bahnhof, Italiener um die Ecke. Ob sie hier auch einen eigenen Dialekt und eigene Bräuche haben?

Die Kreuzung sieht aus wie eine andere Kreuzung, die ich irgendwann in meinem Leben mal gekannt haben muss. Dieses Haus. Der Knick, den die Straße macht. Da ist der Fernsehturm. Beruhigend blinkt er. Ich müsste wohl in seine Richtung laufen, um zu mir nach Hause zu kommen.

Hat Lina gesagt »Ich gehe jetzt zu mir nach Hause«? Und ich habe nur »Jou« gesagt? *Zu mir* nach Hause. Schwingt in diesem Satz nicht auch eine unausgesprochene Fortsetzung mit? Oder nicht? Kann ich das wissen?

War sie – ? Doch, so war es! Sie war gar nicht genervt von mir. Sie hat mich gefoppt. Konversationstennis. Launentennis, um genau zu sein. Und ich habe es nicht verstanden? Oder viel zu ernst genommen?

Wie weit ist sie jetzt? Sie wohnt doch hier um die Ecke, »dahinten links« hat sie gesagt. Auch das noch! Das hätte sie mir doch nicht gesagt, wenn sie nicht – ? Oder wie? Wie lange ist das her, dass wir uns verabschiedet haben? Fünf Minuten? Zehn? Ist das schon so viel Zeit, dass sie sich vielleicht schon umentschieden hat? Sollte ich vielleicht – ? Ist das nicht alles offensichtlich?

Das will ich jetzt wissen. Ich ziehe mein Telefon. Irgendwas wird mir schon einfallen. Das werde ich doch wohl hinkriegen. Da klingelt es. Auf dem Display steht »Lina frech Party bei Andreas«.

Danke

Christian
Elis
Friedel
Gerhild
Jenny
Lisa
Rozano
Severin
Thomas

In das Kapitel »Nachspiel hinter dem Theater« hat der Autor einzelne Sätze aus folgenden Werken gemischt:
Gerhard Polt, »Der Weber Max«, in: ders., Circus Maximus, Zürich 2002, S. 67–70
Max Weber, Wirtschaft und Gesellschaft – Grundriss der verstehenden Soziologie, Tübingen 1956, S. 1
Kurt Tucholsky, »Was darf die Satire?«, in: ders., Gesammelte Werke, Bd. 2, Reinbek bei Hamburg 1960, S. 42–44